A M.LE COMTE

LA VIE

ET LES

AVENTURES

DE

JOSEPH THOMPSON.

Traduit de l'Anglois.

QUATRIEME PARTIE.

A AMSTERDAM,

CHEZ J. H. SCHNEIDER

M. DCC. LXII.

TABLE
DES CHAPITRES

Contenus dans la quatrieme Partie.

CHAPITRE LII. *Thompson eſt agréable-ment ſurpris de rencontrer le plus cher de ſes amis. Ils ſe racontent l'un à l'au-tre leurs Aventures. M. Diaper lui fait le détail de ſon naufrage, & de la ma-niere dont il s'eſt ſauvé. Les vaiſſeaux partent de conſerve, & ſont diſperſés par une violente tempête.* page **I**

CHAP. LIII. *Ils arrivent à Madere. Aven-ture extraordinaire. Il ſauve un ancien ami d'une troupe de brigands. Ils ſont bleſſés tous les deux dans l'action. Leur joie mutuelle à la vue l'un de l'autre. M. Archer lui aprend la cauſe de cet acci-dent. Il s'embarque avec le Capitaine Beeckman, & ils arrivent à Amſter-dam.* **24**

CHAP. LIV. *M. Saris part pour l'Irlande. Archer quitte Thompſon, & s'embarque pour Oporto. Thompſon ſe défait avan-tageuſement de ſon diamant. Il va voir Roterdam & autres Places de Hollande. Il s'embarque pour Londres ſur un Vaiſ-ſeau qui eſt pris par les François.* **34**

CHAP. LV. *Il part pour Paris. Rend ſer-vice à un Officier Anglois qui étoit dans*

IV. Partie. a

le besoin, & le reconnoît pour un ancien ami. Ils se racontent l'un à l'autre leurs aventures, & vont ensemble à Versailles, où l'Officier devient amoureux d'une Dame qu'il rencontre dans les jardins. 38

CHAP. LVI. *Sharpley faite de grands progrès dans ses amours. Il présente un Page à Thompson, à la prière de Serene. Il part pour se rendre en Normandie chez le Marquis de Houdancourt. Ils sont attaqués en chemin par des voleurs. Son Page lui sauve la vie. Histoire du Marquis & de la belle Marguerite Daulnay. Ils la tirent de sa prison, & elle épouse le Marquis.* 53

CHAP. LVII. *Il revient à Paris. On propose un mariage à Thompson. Conduite d'Estampe dans cette occasion. Il lui demande une grace. Incendie terrible dans la maison de M. Duplessis. Il va trouver Serene. Voit chez elle la sœur d'Estampe. Reconnoissance tendre. Joie de Sharpley & de toute la compagnie.* 66

CHAP. LVIII. *Aventure de Miss Louise Rich.* 80

CHAP. LIX. *Ils arrangent leurs affaires en France. Madame Rich dispose de sa maison & de ses biens. Ils vont passer quelque tems à Paris. Ils y trouvent une personne digne de leur charité. Thompson lui fait du bien, quoiqu'il en eût été maltraité précédemment. Ils prennent congé de leurs amis. Obtiennent des passeports pour la Flandre; arrivent à Willems-*

tadt ; s'embarquent pour l'Angleterre, & vont débarquer au port de Harwich.
108

CHAP. LX. *Il est joint par une personne de connoissance , à qui il fait un present. Ils partent pour Londres ; sont reconnus à Colchester , & par qui. Ils arrivent à Londres ; envoient chercher Prig. Entrevue tendre entre Thompson & Miss Rich.*
114

CHAP. LXI. *Il arrive chez M. Diaper. Joie qu'y cause son arrivée. Il les mene chez Miss Louise. Il reçoit des Lettres de M. Saris. Générosité de ce Gentilhomme. Bonté excessive de M. Goodvill. Il va voir M. Prim. Acheve d'arranger ses affaires , après quoi ils partent pour le Comté d'York.* 125

CHAP. LXII. *Ils arrivent chez M. Bellair. Thompson & Sharpley partent seuls avec Truman pour se rendre chez M. Thompson. Leur arrivée. Leur entrevue avec son pere & sa mere. Ils vont chez M. Archer & chez M. Sharpley. Rendent visite à leurs amis. Thompson reçoit un Exprès de la part de Sir Walter. Il va le voir. Ce qui se passe dans leur entrevue.* 135

CHAP. LXIII. *Ils retournent chez M. Bellair. Toute la compagnie part pour se rendre chez M. Thompson. Leur arrivée. Comment ils s'arrangent tous. Thompson fait à Sir Walter une proposition à laquelle il consent. Fidelle est introduite auprès de sa Maîtresse. Truman en dé-*

vient amoureux. Il s'adreſſe à Thompſon qui conſent à ſes deſirs , & prie Miſſ Louiſe de déterminer Fidelle. Fidelle agrée ſa recherche , & demande à Sir Valter la permiſſion de ſe marier. 143

CHAP. LXIV. M. Archer le fils arrive au pays d'York. Autre viſite qui ſurvient. Célébration des quatre mariages. Surpriſe de joie de Sir Valter en reconnoiſſant ſa fille. Il lui rend ſon bien , & lui fait pre- ſent d'une Terre. Départ des hôtes. Sui- tes heureuſes du mariage de Thompſon. Concluſion de l'Hiſtoire. 149

Fin de la Table de la quatrieme Partie.

LA

LA VIE
ET LES
AVENTURES
DE
JOSEPH THOMPSON.

CHAPITRE LII.

Thompſon eſt agréablement ſurpris de ren-
contrer le plus cher de ſes amis. Ils ſe
racontent l'un à l'autre leurs Aventures.
M. Diaper lui fait le détail de ſon nau-
frage, & de la maniere dont il s'eſt ſau-
vé. Les vaiſſeaux partent de conſerve, &
ſont diſperſés par une violente tempéte.

UAND nous eûmes jetté l'ancre,
nous nous mîmes M. Saris &
moi, le Capitaine & quelques
autres perſonnes dans notre chaloupe, & nous rendîmes à terre.
En paſſant le long d'un gros Vaiſſeau An-

IV. Partie.   A

glois , nous en demandâmes le nom , &
mon cœur fauta de joie , quand on nous
répondit que ce Vaiffeau étoit commandé
par le Capitaine Friendy. Cette réponfe
me rapella mille idées cheres ; je fis demander au Capitaine la permiffion d'aller
fur fon bord. Si-tôt que j'eus mis le pied
fur le tillac , je m'informai avec précipi-
tation fi M. Diaper y étoit. Le Capitaine
me dit que fi j'avois affaire à ce Gentilhomme , j'étois fort heureux, puifqu'il étoit
Supercargo du Vaiffeau voifin , où il auroit
le plaifir de m'accompagner lui-même ,
parce qu'il y avoit long-tems qu'il ne l'a-
voit vu , & que fon voyage avoit été dé-
rangé , lorfqu'il partit d'Angleterre. J'entendis en arrivant dans le Vaiffeau la voix de
mon ami qui parloit à quelqu'un ; j'enfon-
çai exprès mon chapeau pour mieux le furprendre , lorfque je paroîtrois devant lui. On
nous invita d'entrer dans la grande falle ,
où nous nous affimes , bientôt après M.
Diaper entra lui-même & nous falua. Il étoit
fi changé , que fans fa voix & une certaine
fympathie qui fe fait fentir dans le cœur ,
malgré qu'on en ait , j'aurois eu peine à
le reconnoître. J'étois fort changé moi-même ; mais dès qu'il m'entendit parler , il
jetta vers moi des regards étonnés , fans
dire un feul mot ; fes genoux trembloient
fous lui ; enfin il s'écira : grand Dieu! que
j'ai de graces à te rendre ! Il étoit prêt à
tomber ; mais je courus à lui , & l'ayant
ferré dans mes bras , je ne pus m'empêcher

de répandre des larmes. O Ciel ! m'écriai-
e, mon bonheur eſt au-delà de toutes ex-
preſſions, & me dédommage bien de toutes mes fatigues. Quoi, me dit-il, te retrouver ainſi ! Qui auroit pu s'y attendre ?
Pendant près d'un quart-d'heure nous ne
fimes que nous embraſſer, & tenir des diſcours ſans ſuite, tels que la ſurpriſe & les
ſentimens de notre cœur nous les dictoient.
Le Lecteur a-t-il reſſenti quelquefois les
ſentimens ſublimes d'une amitié ſincere ?
A-t-il éprouvé ces épanchemens de joie
dont l'ame eſt pénétrée, lorſqu'elle oblige
ou qu'elle eſt obligée par une vertu déſin-
téreſſée ? A-t-il été ſéparé long-tems d'un
véritable ami ? L'a-t-il trouvé à ſon retour,
conſtant, ſincere, fidèle, & digne des regrets que lui avoit cauſés ſon abſence ? Si
cela eſt, il peut ſe former une idée des
tranſports & des ſentimens vifs, avec leſ-
quels nous nous revîmes après une abſence
de 7 ans, & après toutes les inquiétudes
que nos cœurs avoient ſenti réciproquement
ſur la ſanté l'un de l'autre. Long-tems notre
converſation ne fut qu'un mélange confus
de queſtions auxquelles nous n'avions pas
encore aſſez de preſence d'eſprit pour répondre. Je lui preſentai M. Saris, comme un
ami ineſtimable, qui m'avoit procuré depuis l'inſtant que nous nous étions rencontrés, la plus grande ſatisfaction. Nous fûmes obligés de céder à l'envie que le Capitaine Beeckman avoit de ſe rendre à terre
au plutôt, & M. Diaper demanda au Ca-

pitaine la permiffion de nous y accompagner. Car quoique les Supercargues foient au-deffus des Commandans des Vaiffeaux des Indes , lorfqu'ils font à terre & dans leurs Comptoirs , à Bord ils font fubordonnés au Capitaine. Arrivés à terre , après nous être rafraîchis , tandis que le Capitaine vaquoit à fes affaires , nous allâmes faire un tour de promenade , M. Diaper , M. Saris & moi, dans un de ces magnifiques jardins de la Compagnie Hollandoife, où l'on trouve toutes les productions différentes de la Nature ; & nous étant mis à l'ombre fous un berceau délicieux , je racontai à mon ami mes Aventures & le fuccès que j'avois eu dans le Commerce. Il me fit auffi le recit de tout ce qui lui étoit arrivé depuis notre féparation , & j'eus la joie d'aprendre qu'il ne comptoit plus retourner aux Indes , & qu'il fe conténtoit d'avoir acquis une fortune de près de trente mille liv. fterlings après avoir effuyé mille dangers , & s'en être tiré d'une façon honorable pour lui-même, & avantageufe à fes Propriétaires. Il efpéra ainfi que moi , que nous trouvrions tous nos amis en bonne fanté , & fur-tout fon adorable Bellair , qu'il comptoit époufer après fon précédent voyage avec le Capitaine Friendly , s'il n'eût pas fait naufrage , & effuyé de grands périls , fur une Côte Barbare , où il avoit perdu confidérablement. Comme cette aventure eft curieufe & extraordinaire , je vais l'inférer ici telle qui me l'a raçontée.

aufrage de M. Diaper, avec la façon
heureuſe dont il s'en tira.

ÈS le jour que nous quittâmes le Cap
de Bonne-Eſpérance, nous eûmes un
auvais tems qui dura ſans relâche juſqu'à
a hauteur des Iſles Philippines, d'où, ſui-
ant notre eſtime, nous avions été écartés
l'oueſt, lorſqu'il s'éleva du ſud-eſt une
utre tempête violente. Nous fûmes pen-
ant trois ſemaines le jouet des vents &
es flots, & ne pûmes tenir un état régu-
ier de notre route. Notre Equipage avoit
té tellement affoibli par les maladies, que
ous n'avions pas aſſez de monde pour ma-
œuvrer ; de ſorte que les Supercargues &
s autres Paſſagers étoient obligés de tra-
ailler, & de remplir les fonctions les
lus pénibles. Nos proviſions étoient fort
iminuées ; les rations étoient courtes, &
ous n'avions qu'une demi-pinte d'eau par
our pour chaque homme : enfin on avoit
té obligé de jetter à la mer les canons, &
ne partie de notre cargaiſon. On ne peur
ien concevoir de plus terrible que la ſitua-
ion triſte où nous étions alors. Nous com-
encions à nous livrer au déſeſpoir ; &
ccablés par les maladies & les fatigues,
ous n'attendions plus que l'inſtant fatal
ui devoit mettre fin à nos malheurs. J'é-
ois un ſoir au gouvernail, & j'éprouvai un
rand exemple de la protection de la Pro-

A 3

vidence. Le vent augmenta tout d'un coup,
& jetta par-deſſus nous une vague qui nous
fit tomber à la mer, un Officier, trois Matelots & moi, qui étions alors ſur le tillac.
Quoique ce fût l'affaire d'un inſtant, j'eus
néanmoins aſſez de tems pour ſonger que
j'étois perdu, & pour recommander mon
ame à Dieu, quand une autre vague me
rejetta ſur le tillac, & m'y laiſſa preſque
ſans vie. Je fus quelque tems à reprendre
mes ſens. Le Capitaine Friendly me fit
porter dans ma chambre, & mettre au lit.
L'Officier & les trois Matelots périrent. Je
remerciai Dieu de m'avoir ainſi ſauvé des
eaux contre toute eſpérance. Nous éprouvâmes bientôt toutes les miſeres de la fa-
mine qui paroiſſoit dans notre vaiſſeau,
ſous la forme la plus terrible. Six hommes
de notre équipage moururent faute de ſub-
ſiſtance ; & nous étions tous ſi exténués
d'avoir jeûné, que l'équipage commençoit
à agiter la queſtion, s'il ne ſeroit pas à propos de tirer au ſort pour conſerver la vie
aux autres, aux dépens d'un de nous. Nous
fûmes obligés de boire notre urine pendant
pluſieurs jours ; car il n'étoit pas tombé une
goutte d'eau depuis le commencement de
la tempête, ſans quoi nous l'euſſions con-
ſervée. Notre grand mât fut renverſé; nous
en débarraſſâmes heureuſement le vaiſſeau;
& notre mât de miſaine, auſſi bien qu'une
partie de nos cordages furent emportés par
les vagues. Quel ſpectacle plus terrible que
de voir un vaiſſeau en ſi mauvais état, &

de n'apercevoir autour de foi qu'une horrible quantité d'eau qui s'élève de tous
côtés, comme des montagnes que l'on voit
enfuite fe fondre en écume ! Les bouffées
de vent fiffloient dans les cordages avec
impétuofité ; & comme un tonnerre continuel, fembloient étourdir les oreilles &
nous faire perdre la tête.

Au bout de trois femaines , jettant les
yeux devant le vaiffeau , je crus voir un
objet qui me parut obferver toujours la
même pofition. J'allai voir la bouffole , &
je m'aperçus qu'il étoit précifément vers
le fud ; ainfi j'apellai avec joie le Capitaine
Friendly qui étoit fort malade , & lui dis
que je venois d'apercevoir la terre. Quoiqu'il put à peine fe remuer , cette nouvelle
ranima tellement fes efprits , qu'il fe leva
à l'inftant. Le bruit s'en étant répandu , le
tillac fut bientôt couvert de gens dont la
mine faifoit horreur. Ils étoient tous pâles
& défaits de faim & de fatigue. Leurs regards fe raffurerent un peu , & avec des
mains décharnées & des yeux enfoncés ,
ils fe mirent à rendre graces à Dieu de la
miféricorde qu'il nous faifoit entrevoir. Le
lendemain la tempête ceffa pour peu de
tems ; & le ciel s'étant un peu éclairci ,
nous aperçûmes clairement que ce que
l'on voyoit étoit certainement la terre qui
s'élevoit vers le milieu , & fe terminoit
en pointe des deux côtés. Nous ne pouvions nous imaginer quelle terre c'étoit ;
mais nous y dirigeâmes notre route ; &

nous comptions n'en être plus qu'à sept
lieues, lorsque le vent s'éleva de nouveau,
avec la même fureur qu'auparavant, & nous
y pouffa directement. Nous entrevîmes
alors un nouveau danger. Nous ne fçavions
comment empêcher le vaiffeau de fe brifer
contre les rochers. Après avoir viré de
bord, nous trouvâmes qu'il n'étoit pas poffible de réfifter au vent ; & prefque morts
de fatigue, nous laiffâmes aller le vaiffeau,
en invoquant le grand Pilote du monde de
venir à notre fecours. Nous nous trouvâmes en trois ou quatre heures au milieu
des brifans. La quille fut endommagée, &
quelques planches déchirées ; de forte que
l'eau nous gagnant de tous côtés, nous
fumes obligés de mettre en mer la barque
longue & la pinaffe ; & déchargeant dans
cette derniere l'argent de la Compagnie,
nous fîmes provifion de poudre, d'armes
à feu, & d'inftrumens de Mathématique
avec tous nos livres & nos papiers. Après
quoi nous y defcendîmes au nombre de
quarante-trois perfonnes ; & nous nous
abandonnâmes à la Providence dont nous
éprouvâmes encore les fecours ; car nous
arrivâmes heureufement à terre, & vîmes
de loin notre pauvre vaiffeau fe brifer en
pieces.

Notre premier foin fut de mettre nos
bateaux en fûreté ; & tandis qu'une partie
de nous étoit occupée à conftruire des bar-
raques pour ceux de nos gens qui étoient
malades, & hors d'état de s'aider eux-

mêmes , & que nous avions eu beaucoup
de peine à fauver avec nous , le Capitaine ,
deux autres & moi bien armés , nous avan-
çâmes dans les terres pour découvrir fi le
pays étoit habité , & fi nous pourrions y
trouver les néceffités de la vie. Le terrein
étoit fablonneux ; nous vîmes plufieurs ef-
péces d'arbres & de buiffons , parmi lef-
quels nous trouvâmes avec fatisfaction
quelques palmiers qui nous firent efpérer
qu'il y en avoit beaucoup d'autres. Nous
rencontrâmes auffi des cerfs , des fangliers
& plufieurs autres efpeces d'animaux propres à la nourriture de l'homme , avec une
forte particuliere d'herbes à peu près fem-
blable aux épinards. Nous fumes bientôt
rétablis au moyen de ces rafraîchiffemens ,
à l'exception de fix qui moururent auffi-tôt
après le débarquement. Nous commençâmes à former une efpece de gouverne-
ment domeftique : les uns furent nommés
pour aller à la chaffe ; d'autres pour cou-
per du bois , & le refte s'occupa à allon-
ger notre bateau dont nous efpérions nous
fervir pour quitter cet endroit. Nous fumes
long tems à examiner quelle pouvoit être
la terre où nous étions. Quelques-uns des
plus anciens voyageurs affuroient pofitive-
ment que c'étoit l'une des plus feptentrion-
nales des Ifles Marianes , qui font fituées
depuis le treizieme jufqu'au vingt-deuxieme
degré de latitude feptentrionnale , & au cent
quarante-huitieme degré de longitude à
l'eft du méridien de Londres. Nos obfer-

vations confirmerent cet avis ; & quelques-
uns de nos gens defirant d'aller dans la
Pinaſſe , pour découvrir ſi nous étions réellement dans une de ces Iſles ou non ,
& pour chercher les habitans (car juſqu'alors nous n'en avions vu aucuns) nous
permîmes à dix de faire ce voyage avec
M. Midgley Supercargue, & un Officier à
leur tête. Nous les avitaillâmes de notre
mieux ; & leur ayant donné des inſtrumens
& quelques bagatelles ſauvées du vaiſſeau
pour trafiquer avec les naturels du pays ,
ils partirent pour leur voyage ; mais ſoit
qu'ils aient été engloutis dans la mer , ou
détruits par les Barbares , nous ne les revîmes plus. La perte de tant de nos camarades nous donna beaucoup de chagrin , &
nous découragea. Nous étions alors réduits
au nombre de vingt-ſept ; outre qu'en per-
dant la Pinaſſe , nous ne pouvions plus aller
à la pêche , qui faiſoit pourtant la plus grande partie de notre nourriture. L'intérieur de
l'Iſle étoit comme un jardin ; l'air en étoit
ſi tempéré , que tout bien conſidéré , nous
pouvions nous eſtimer auſſi heureux qu'il
étoit poſſible de l'être en pareilles circonſtances. Nous ne doutions pas que , ſi nous
pouvions une fois gagner quelqu'un de nos
Comptoirs , & retourner de-là en Europe ,
la Compagnie n'aprouvât notre conduite ;
& nous eſpérions qu'en ce cas elle ne feroit point de difficulté de nous employer
encore à ſon ſervice. Nous prenions ſur le
ſoir tous les divertiſſemens que nous pou-

vions, comme de lutter, de fauter, &c.
Je fis une efpece de trictrac groffierement
travaillé ; & comme nous avions des dés,
les plus diftingués d'entre nous s'amufoient
à ce jeu. Je lifois tous les jours matin &
foir l'office de l'Eglife, à la priere du Capitaine ; & nous affiftions les Dimanches
au Service avec toute la ponctualité & le
recueillement imaginable. Nous deftinions
cette feptieme portion de notre tems à éle-
ver notre cœur vers la grande & la premiere fource de tous les êtres créés. Il n'y
avoit point de peuple en aparence qui vé-
cut avec plus d'union que nous, à examiner les égards & l'affection que nous nous
portions les uns aux autres ; mais on peut
bien dire avec Waller, que *les hommes ont*
plus à craindre des autres hommes, que des
rochers & des vents. Nous ne tardâmes pas
à nous trouver malheureufement dans ce
cas. N'eft-il pas furprenant que l'efprit de
difcorde regne tant parmi les hommes, lors
même que leur exiftence dépend de l'union
& de l'amitié avec laquelle ils vivent ? Peut-
on imaginer une fituation plus cruelle que
la nôtre, féparés comme nous étions en
quelque maniere de tout le refte du monde, & livrés à un malheur infurmontable,
à moins que nous n'employaffions nos efforts réunis pour nous en tirer ? Cependant
il s'éleva parmi nous des diffenfions qui
cauferent la mort à plufieurs, & qui pen-
ferent enveloper les innocens avec les coupables ; & nous détruire tous. Jufques-là

chacun avoit rempli de bonne volonté la
tâche qui lui avoit été impofée ; on obéif-
foit au commandement des Officiers avec
autant de foumiffion qu'auparavant notre
naufrage. Par ce moyen notre chaloupe
longue étoit prête à mettre à la mer ; on
y avoit fait des ponts , & on l'avoit for-
tifiée de maniere qu'elle pouvoit paffer pour
un affez bon bâtiment : les agrès , dont
nous étions redevables aux palmiers , étoient
près d'être finis , lorfque l'on découvrit la
confpiration la plus horrible , machinée par
douze de nos meilleurs hommes qui avoient
comploté d'emporter le tréfor de la Compagnie , de fe fauver dans notre petit vaiffeau ; & nous laiffant dans cet état déplo-
rable , de fe retirer dans quelques-unes des
Colonies Portugaifes , pour y partager entr'eux l'argent , & travailler enfuite chacun
pour fon compte. Tel étoit leur premier
plan ; mais ils le changerent enfuite , &
convinrent de côtoyer les Ifles Philippines ,
ou de diriger leur courfe vers les détroits
de Manille , de tâcher d'y furprendre quelques gros vaiffeaux , & d'exercer la pirate-
rie. Le principal confpirateur étoit le Bof-
man, Ecoffois , en qui j'avois toujours remarqué un efprit mutin & beaucoup de
févérité pour l'Equipage dans l'Exercice de
fes fonctions. En un mot , je ne l'avois jamais aimé ; mais depuis que nous étions
à terre , il s'étoit conduit avec tant de cir-
confpection , que nous étions en quelque
forte , le Capitaine Friendly & moi , re-

venus de nos préjugés. Ils étoient tous armés de fufils & de fabres, auffi-bien que
nous, ce qui les rendoit plus dangereux;
& ils étoient fur le point d'exécuter leur
deffein, lorfque j'eus le bonheur de le découvrir & d'y remédier. Un jour, étant
forti avec mon fufil & un chien favori,
qui avoit déjà fait le voyage des Indes avec
moi, fatigué de chaffer, je m'étois mis à
l'affus dans un taillis, dans le deffein de
tuer quelque chofe avant que de retourner.
J'entendis une voix que je reconnus pour
celle de l'Ecoffois, qui crioit à un autre :
comment ce diable de chien eft-il venu
ici ; il reffemble à fon maître, on le trouve
par-tout. Je voudrois pouvoir m'en débarraffer auffi aifément que de fon chien,
nous n'aurions plus rien à craindre ; mais
de façon ou d'autre je m'en déferai. A ces
mots, il donna un coup de pied à mon
chien, qui s'enfuit en aboyant, & heureufement fort loin de l'endroit où j'étois.
Ma foi, repliqua un autre que je reconnus
pour Will Jones, aide du Charpentier, il
eft trop bon garçon pour cela. Je voudrois
qu'on ne répandît point de fang, fi cela
étoit poffible ; mais pour la Compagnie,
qui n'eft qu'une troupe de riches coquins,
je penfe qu'il n'y a point de mal à la voler,
y eût-il le double à prendre. Je me tins
caché pendant tout ce tems-là, & je
les entendis parler de tous leurs projets.
Heureufement je quittai l'endroit où j'étois
fans en être aperçu. Je leur avois entendu

nommer tous les conjurés. Je fus furpris
au dernier point d'un complot auffi affreux;
mais comme je vis qu'ils étoient forts , je
réfolus d'agir avec beaucoup de précaution.
Le lendemain , je pris avec moi le Capitaine Friendly & M. Benfon , l'un de nos
Officiers , & le feul qui nous reftât , fous
prétexte de leur montrer un beau payfage
que j'avois découvert dans ma promenade
de la veille. Mais quand nous fûmes un peu
éloignés , je leur détaillai ce que j'avois entendu , & mon importante découverte. Le
danger les fit trembler , & quoiqu'ils fuffent
tous les deux très-braves , l'étonnement les
fit refter quelques momens fans parler. Enfin quand leur furprife fut un peu ceffée ,
nous commençâmes à confulter enfemble ,
& à chercher les moyens d'arrêter la confpiration avant qu'elle fût plus avancée. Pour
cet effet , nous jugeâmes à propos que l'on
mettroit le trefor de la Compagnie fous la
garde de deux des plus fidéles de nos compagnons que l'on releveroit toutes les quatre heures , & que je coucherois dans la
cabane où le trefor feroit dépofé : que
le Capitaine raffembleroit le lendemain nos
forces ; & que par le moyen de ceux qui
nous reftoient attachés , & à qui nous de-
vions faire part de toute l'affaire dès le foir
même , on tâcheroit de furprendre les conf-
pirateurs defarmés. En effet , nous les envoyâmes chercher féparément les uns après
les autres , pour éviter les foupçons ; & ils
nous promirent tous de refter attachés à

notre Commandant , & de ne pas fouffrir
qu'on fît tort à la Compagnie. La plupart
furent fi irrités d'aprendre ce complot ,
qu'ils eurent peine à modérer leur rage ;
mais ce qui nous inquiétoit le plus , étoit
l'impoffibilité de nous emparer de leurs
armes , ou de les attirer fans cela : car ,
par une précaution ordinaire aux méchans
& aux traîtres , qui font toujours foupçon-
neux & fur leurs gardes , ils ne marchoient
jamais fans armes , & même ils ne fe cou-
choient pas fans avoir leurs moufquets à
côté d'eux , à ce qu'on nous avoit dit ; ce qui
avoit extrêmement étonné le refte de nos
compagnons. On crut alors qu'il étoit néceffaire de faire quelques changemens dans
notre plan. On réfolut, la premiere fois, qu'ils
partiroient trois ou quatre enfemble pour aller
à la chaffe ou à la pêche , de les environ-
ner & de les prendre à force ouverte ; enfuite quand leur nombre feroit affoibli ,
d'attaquer les autres , & même de les paffer
au fil de l'épée , s'ils ne vouloient pas fe
rendre. L'occafion ne tarda pas à s'en pré-
fenter. L'Ecoffois & quatre autres étant
allés à l'autre extrêmité de l'Ifle , fous prétexte de chaffer , mais réellement pour confulter enfemble fur les moyens d'exécuter
leur complot , je demandai au Capitaine
la permiffion d'aller après lui avec fept
hommes d'élite. Il me le permit , & je pris
une route différente de la leur ; bien certain néanmoins de les rencontrer bientôt.
Au bout d'une heure , nous les entendîmes

venir de loin. Alors je fis placer trois de
mes gens dans une efpece de bofquet, où
ils pouvoient refter fans être découverts ;
& j'avançai quelques pas avec les autres :
j'aperçus bientôt mes drôles qui firent
une paufe , & me demandèrent d'un ton
familier comment nous étions venus fi
loin ? Je les attirai peu à peu jufqu'au lieu
de mon embufcade , en parlant de chofes
indifférentes ; & alors les arrêtant fur le
champ, je leur criai : Meffieurs , je vous
ordonne de mettre bas les armes & de vous
rendre prifonniers , jufqu'à ce que vous
vous foyez lavés d'une accufation grave.
On vous foupçonne d'avoir formé le noir
deffein d'ôter la vie à vos compagnons ,
afin de vous fauver avec le vaiffeau à
la conftruction duquel nous avons tous
travaillé pour nous tirer de cette terre dé-
ferte. Il faudra vous juftifier , ou bien
vous recevrez la punition due à votre
crime. L'Ecoffois & les autres pâlirent
en m'entendant parler ainfi ; mais comme c'étoit une troupe de coquins endur-
cis dans le crime , il fe remit bientôt ,
& me dit qu'il ne fçavoit pas de quelle
autorité je prétendois exiger un compte de
leurs actions ; que ni moi , ni qui que ce foit
n'avoit droit de les commander ; & que
fi je perfiftois dans mon deffein, nous ver-
rions qui feroient les plus forts. Allons ,
morbleu, mes enfans , continua-t-il , tom-
bons fur eux tout d'un coup. A l'inftant
il me tira un coup de fufil. Je fis fortir
mes

mes gens du bois ; ils tuerent deux des
onfpirateurs, qui, dans le même inftant,
firent leur décharge, & tuerent auffi un
de mes compagnons. Cependant ils fe bat-
toient comme des bêtes féroces. Le fort
de leurs amis, bien loin de les intimider,
ne fit que redoubler leur furie ; & l'Ecoffois s'avançant devant les deux autres, pour
m'affommer d'un coup de croffe, je lui
tirai dans la poitrine à bout portant, & le
jettai mort fur la place. Alors fes compagnons fe rendirent à difcrétion. Nous leur
liâmes les mains, & les fimes marcher devant nous jufqu'à notre habitation. Puis
les laiffant à la garde de deux hommes,
les autres entrerent dans notre petite plan-
tation, où le Capitaine étoit dans une crainte continuelle que notre projet n'eût échoué.
Mais lorfque par la dépofition de nos prifonniers, je fus en état de lui rendre un
compte exact du nombre & des projets de
ces miférables, il fe fentit bien foulagé, &
nous nous préparâmes à exécuter la feconde partie de notre deffein. Le Capitaine
& M. Benfon prenant chacun fix hommes
bien armés, s'avancerent devant leur hutte, & les fommerent de fe rendre, fans
quoi ils feroient traités fans miféricorde,
comme l'avoient été l'Ecoffois & le refte
de fes compagnons ; mais s'écriant tous à
la fois, ils fortirent de la hutte comme des
défefpérés ; ils firent une décharge générale fur les deux détachemens, & nous
tuerent deux hommes. Nous répondîmes à

IV. Partie.   B

leur feu , & jettâmes auffi deux d'entr'eux
fur le carreau. Alors ils allerent fe retran-
cher derriere un gros arbre que nous avions
coupé quelque tems auparavant , & s'en
firent une efpece de parapet. Avant que
nos gens puffent les entourer , ils eurent
le tems de recharger , & ils tirerent une
feconde fois , nous tuerent encore un homme , & blefferent le Capitaine Friendly à
l'épaule. Nos détachemens firent feu auffi,
& en tuerent trois. Les deux autres mirent
bas les armes , & fe rendirent. Comme il
y avoit eu tant de fang répandu , & que
nos quatre prifonniers étoient les moins
coupables de tous , le Capitaine Friendly
différa de procéder contre eux , & propofa de les tenir aux fers , jufqu'à ce que
nous miffions à la voile , & de les dépo-
fer au premier Comptoir où nous touche-
rions , afin que la Compagnie put en difpofer comme elle le jugeroit à propos. Mais
tandis que nous étions occupés à éteindre
cette confpiration , cinq de nos gens qui
étoient à bord de l'*Efcarpe* , (car c'eft
ainfi que nous avions nommé notre vaiffeau) comploterent de fe fauver ; & s'é-
tant pourvus en cachette d'eau & de quelques provifions , ils mirent à la voile.
Nous étions tous fi occupés à l'expédition
que je viens de rapporter , qu'aucun de
nous ne s'apperçut de leur évafion. Ainfi ,
tandis que nous combattions pour conferver ce vaiffeau , un autre complot nous
en priva. Jugez quel fût notre confterna-

tion, quand nous découvrîmes cette per-
fidie, & que nous vîmes de loin notre bâtiment à la voile & fendant les flots. Nous
ne ſçavions que dire ni que penſer, & nous
nous livrâmes au plus cruel déſeſpoir, voyant
tous nos projets évanouis, & qu'il ne nous
reſtoit plus d'eſpérance de ſortir de là, à
moins que la Providence ne fît venir quelques vaiſſeaux de ce côté ; choſe que nous
ne pouvions ſupoſer avec fondement. Nous
n'étions plus alors que dix, y compris nos
priſonniers, dont le repentir nous parut ſi
ſincere, que nous leur donnâmes la liberté
d'aller & venir, mais néanmoins ſans armes. Rien ne peut aprocher de l'état triſte
où nous étions réduits ; nous commencions
à croire que le Ciel nous avoit abandon-
nés, & qu'il nous faudroit paſſer le reſte
de nos jours éloignés de nos amis & du
lieu de notre naiſſance, & privés à jamais
de ce qui faiſoit l'objet de nos plus chers
deſirs, lorſqu'un matin, par un tems calme,
nous eûmes le plaiſir de découvrir un vaiſſeau à quelques lieues de diſtance. Alors
nous fîmes un grand feu ſur une petite émi-
nence ; & paſſant ſur une autre colline,
nous dreſſâmes une grande perche, au haut
de laquelle on avoit attaché une chemiſe,
& nous continuâmes de tirer ſans ceſſe des
coups de fuſil, dans l'eſpérance que quelqu'un à bord de ce vaiſſeau, découvriroit
nos ſignaux. Quelle fut notre joie, lorſque nous apperçûmes une chaloupe rem-
plie d'hommes qui ramoient vers l'Iſle de

toutes leurs forces, & furent bientôt à notre portée. Ils s'arrêterent alors, & nous
demanderent en Portugais qui nous étions.
Je pris la parole pour les autres, & répondis dans la même langue que nous étions
les restes de l'Equipage d'un vaisseau Anglois qui avoit fait naufrage sur cette côte,
il y avoit déjà long-tems. Je les priai pour
l'amour de Dieu de nous prendre à bord.
Ils y consentirent sur le champ; mais ne voulurent point se charger de l'argent de la
Compagnie, qu'ils n'en eussent auparavant
obtenu la permission de leur Capitaine. Ce
changement dans notre état nous causa des
transports de joie inexprimables. Nous rendîmes graces à Dieu de notre délivrance,
& de ce que nous étions tombés entre les
mains de gens amis & alliés de notre Nation. En effet, nous fûmes très bien traités du Capitaine Dom Francisco de Zuni-
ga, qui, à ma priere envoya encore sa
chaloupe à terre pour y prendre le trésor
que je fus charmé de pouvoir conserver à
la Compagnie. Ce vaisseau étoit parti de
Goa pour aller trafiquer à la Chine & au
Japon. C'étoit un gros vaisseau mieux équipé que ne le font d'ordinaire la plupart des
vaisseaux Portugais dans ces parties du
monde. Ce bon Capitaine consentit de
nous mettre à terre à Canton, qui étoit
le premier endroit où il avoit dessein de
relâcher. Il ne pouvoit nous arriver rien
de plus favorable; cependant si nous éprouvâmes toute la bonté & la générosité pos-

ſible de la part du Capitaine, nous eûmes beaucoup à ſouffrir de la brutalité & de la haine ſuperſtitieuſe des ſimples Matelots, & nous ne pûmes nous empêcher de remarquer que dans leurs vaiſſeaux les Portugais ſont les plus lâches & les plus pareſſeux de tous les hommes. En effet, ils ſont en général ſi mauvais marins, que dans les gros tems, au lieu de travailler avec cœur à la manœuvre, ils ſont continuellement à genoux à prier S. Antoine de faire leur devoir; de ſorte que les Commandans ſont obligés d'employer leur autorité & de les traiter comme des eſclaves pour les faire travailler. Cependant ils connoiſſent très-bien les Mers des Indes Orientales, & entendent parfaitement le pilotage. Ils nous aprirent que l'Iſle où nous étions s'apelloit *Aſſaugon*, & qu'ils y avoient été pouſſés eux-mêmes par une tempête dont l'évenement nous avoit été ſi favorable. Dom Franciſco nous tint parole, & nous débarqua à Canton, ſans vouloir accepter aucun paiement pour le ſervice qu'il nous avoit rendu. Nous nous vîmes donc encore une fois au milieu de nos compatriotes, après un enchaînement de périls, de malheurs & d'infortunes. Quelque tems après nous nous rembarquâmes dans un autre vaiſſeau de la Compagnie, pour nous rendre en Angleterre, où à notre arrivée nous rendîmes compte de notre conduite & de nos aventures aux Directeurs de la Compagnie, qui nous reçurent fort bien.

nous firent de grands préfens, donnerent
au Capitaine Friendly un autre vaiffeau à
commander, & à moi un emploi pour Canton mon ancienne demeure, d'où j'arrive
pour me rendre en Angleterre ; heureux
d'avoir retrouvé un ami qui m'eft fi cher,
& dont j'ai toujours confervé la mémoire.

Nous prîmes part l'un & l'autre aux différens hafards que nous avions courus, &
nous félicitâmes fincérement de nos heureux
fuccès, qui vraifemblablement alloient nous
procurer un fort heureux, s'il eft poffible
aux hommes de l'être. Mon ami aprit les
aventures de Prim avec plaifir & furprife,
& il conçut la plus haute opinion de M.
Saris. Quand il me parla de fa chere Miff
Bellair, il aperçut que les larmes couloient
de mes yeux malgré moi. En effet, je ne
pus m'empêcher de faire une comparaifon
trifte de fon bonheur avec ma mifere, privé
pour toujours, comme je l'étois, de la pof-
feffion de mon adorable Louife. Il vit ma
peine, & me ferrant dans fes bras, il me
dit affectueufement tout ce qu'il put pour
diffiper mon chagrin, & fe reprocha d'avoir
prononcé un nom capable de me rapeller
l'idée de ma Maîtreffe. Il auroit bien voulu
nous engager à quitter le vaiffeau Hollandois, & à paffer dans le fien en qualité de
Paffagers ; mais nous avions pris une telle
amitié pour le Capitaine Beeckman, & il
avoit fait tant de chofes pour nous fournir
les commodités que l'on peut avoir dans un

voyage, que mon ami convint enfin que ce feroit prefque un crime de le quitter ; d'autant mieux que leur vaiffeau étoit fort rempli , & qu'il ne pourroit pas nous procurer à beaucoup près un fi bon traitement. Il invita avec nous le Capitaine à un grand feftin qu'il nous donna fur fon bord ; & tant que nous reftâmes au Cap , il y eut entre nos vaiffeaux un grand commerce de civilité. Nous nous comportâmes tous comme des gens qui fe plaifoient fincérement à s'obliger les uns les autres. La grande amitié qui régnoit entre M. Diaper, M. Saris & moi, fut d'un bon exemple , & infpira à tout le monde des fentimens de douceur & d'humanité. Quand nous eûmes pourvu notre vaiffeau de tout ce qui nous étoit néceffaire pour notre voyage , mon ami prit congé de nous, & nous fouhaita un heureux retour dans un pays dont nous avions été fi long · tems abfens. Le Capitaine Beeckman, à la priere des autres Capitaines, fe chargea du commandement , comme Chef d'Efcadre, & donna fes ordres en conféquence, réfolu, s'il étoit poffible , d'aller tous de conferve jufqu'en Europe. Nous levâmes l'ancre , mîmes à la voile, & continuâmes notre route tous enenfemble jufqu'à la hauteur des Ifles Canaries. Pour lors il s'éleva une violente tempête qui nous donna les plus grandes inquiétudes les uns pour les autres. Notre vaiffeau alloit affez bien , mais celui du Capitaine Friendly & l'autre dans lequel étoit mon

ami, fembloient réfifter avec peine à la
violence des vents & aux vagues impétueu-
fes qui s'élevoient jufqu'aux nues. Le lendemain la tempête continuant toujours,
nous perdîmes de vue la flotte à notre grand
regret. Je fis des vœux pour eux tous, &
priai Dieu d'apaifer la fureur de la mer, &
de conferver mon pauvre ami & fes compagnons. Le même tems dura plufieurs
jours, au bout defquels la tempête s'apaifa,
& un calme parfait fuccéda à cette guerre
des élémens.

CHAPITRE LIII.

Ils arrivent à Madere. Aventure extraordi-
naire. Il fauve un ancien ami d'une
troupe de brigands. Ils font bleffés tous
les deux dans l'action. Leur joie mutuelle
à la vue l'un de l'autre. M. Archer lui
aprend la caufe de cet accident. Il s'em-
barque avec le Capitaine Beeckman, &
ils arrivent à Amfterdam.

LEs vents étant devenus contraires, &
quelques-uns de nos gens étant fort malades, notre Capitaine jugea à propos de
relâcher à Madere. En effet, nous jettâmes
l'ancre dans la rade de Fial, & bientôt
après nous allâmes à terre, le Capitaine,
M. Saris & moi, & dînâmes chez le Conful Hollandois, qui nous régala fort bien.
Le lendemain nous fîmes notre vifite au
Conful

Conful Anglois , qui nous reçut avec
cette politéfle qu'on lui connoît , & nous
fit refter à dîner. Plufieurs des Marchands
Anglois nous accompagnerent pour voir les
curiofités de l'ifle & celles de la Ville. Je
trouvai que les vins fameux de cette Ifle
n'ont pas à beaucoup près tant de qualité
là que dans les pays éloignés où j'en avois
bu ; & tous les Négocians remarquent que
le meilleur vin de Madere fe trouve à la
nouvelle York dans l'Amérique Septen-
trionale, tant à caufe des foins que l'on
prend pour l'y conferver , que parce qu'il
a le tems de fe faire pendant la traverfée.
Nous y paffâmes plufieurs jours fort agréablement , & careffés de tout le monde ;
mais, contre notre attente , nous ne trouvâmes de tout notre convoi qu'un feul vaiffeau Hollandois , qui étoit arrivé à Fial.
Ce'a redoubla mes inquiétudes pour le pauvre Diaper ; ma difpofition naturelle à la
mélancolie me fit craindre qu'il n'eût péri
dans la tempête.

Un foir retournant de chez un Marchand
à la maifon du Conful Anglois , où j'avois
laiffé M. Saris & le Capitaine Beeckman
j'allois à la haute Ville les rechercher , lorfqu'un cliquetis d'épées vint fraper mes oreilles ; j'entendis plufieurs juremens en lan
g : Portugaife , & fur-tout une voix qu.
s'écrioit : lâches , vous n'aurez pas bon
marché de moi , quelque nombre que vous
foyez. Pouffé par un certain penchant à la
générofité qui m'eft naturelle , je courus au

IV. Partie.   C

secours de cet inconnu. Il faisoit encore
assez clair pour apercevoir qu'il étoit attaqué par six hommes , dont il étoit envi-
ronné de toutes parts. Je lui criai dans la
même Langue : Courage, Monsieur, votre
cause est bonne ; j'en juge par le nombre
de vos ennemis ; la fortune vous envoie un
compagnon qui peut - être fera pancher la
balance en votre faveur. A ces mots je me
présentai d'un air qui fit croire à nos ennemis qu'il étoit tems d'agir avec plus de précaution qu'ils n'avoient fait jusqu'alors :
mais les coquins sont toujours lâches , &
après avoir blessé mon compagnon d'un
coup qui le renversa par terre , & m'avoir
percé l'épaule gauche , voyant l'un d'entre
eux couché par terre , & le reste blessé ,
ils prirent la fuite & nous laisserent maîtres
du champ de bataille. Pendant ce tems on
avoit mis l'allarme dans la garnison , & un
détachement considérable ayant été envoyé
avec un Officier pour faire cesser le desor-
dre qui pouvoir être survenu , ils me trouverent occupé à relever mon compagnon
inconnu , qui avoit reçu plusieurs blessures.
Quand ils eurent examiné de près le mort,
ils le reconnurent pour un de ces malheureux qui entreprennent à prix d'argent de
défaire un homme de son ennemi , soit en
l'assassinant à coups de poignard , soit en
le blessant à la tête , ou en le faisant suc-
comber sous le nombre. Cet usage est encore plus commun chez les Portugais qu'en
Espagne ou en Italie, Ces coquins se font

un point d'honneur si singulier dans leur
métier, que s'il arrive que celui qui les em-
ploie vienne à se repentir, & fasse avertir
son ennemi du danger qui le menace, ils
ne manquent pas de le sacrifier lui-même.
Quand l'Officier eut apris de ma bouche
le détail de cette affaire, il me pria poliment
de l'accompagner chez le Gouverneur, qui
étoit alors chez un Marchand Anglois ; il
lui rendit si bon témoignage de moi, que
nous fûmes mis en liberté, & il y eut un
ordre d'arrêter tous les autres qui pouvoient
être intéressés dans cette assassinat. Le Gentilhomme que j'avois secouru avoit de la
eine à parler ; mais nous ayant fait entendre qu'il logeoit chez Dom Henriquez de
Guzman, nous l'y accompagnâmes l'Officier & moi. Nous y fûmes accablés de remercimens par ce Gentilhomme, & par
une jeune Demoiselle fort aimable, sa fille,
ui nous parurent tous les deux fort affli-
gés de la triste aventure arrivée à leur ami.
Dans la confusion & l'embarras où me jetta
cette affaire, je n'avois pas eu le tems de
e regarder bien attentivement ; lorsqu'il
'en marqua sa reconnoissance en Anglois,
l me sembla que sa voix & sa façon de
'exprimer ne m'étoient point inconnues.
uelle fut mon agréable surprise, lorsqu'a-
près m'avoir demandé le nom de son libé-
ateur, & après avoir apris que je me nom-
mois Thompson, tout foible qu'il étoit, il
jetta un grand cri, & dit, transporté de
joie ; oui c'est lui, ce ne peut être que lui

qui m'a fauvé la vie ! Ah! mon cher an
ſe peut-il que ce ſoit lui? .... Oui,
lui même ; il a tout-à-fait oublié Archε
fidele ami. A ce nom je le reconnus
ce jeune homme que j'avois tant aimé ;
il étoit ſi changé, que ſans cela il m'eûe
impoſſible de le reconnoître. Notre
contre, quoique certaine, nous parε
toujours un ſonge : je le ſerrai dans
bras, & nos amitiés furent ſi tendr
ſi affectueuſes, que toute la compagε
fut touchée. En un mot, nous l'étions
coup nous-mêmes, toutes les petites
ves d'affection que nous nous étions
nées réciproquement dans notre jeun
nous revinrent tout à la fois dans l
& nous cauſoient une joie inexpri
Dom Henriquez & les autres eurent pε
à le réſoudre à ſe mettre au lit, & à lanlε
panſer ſes bleſſures, qui heureuſement ε
ſe trouverent point dangereuſes. Pour
mienne, elle paroiſſoit ſi légere, que j'ε
rois voulu paſſer toute la nuit avec ε
ami ; mais le Chirurgien ne voulut pε
permettre. Car notre entrevue avoit dε
cauſé à Archer un accès de fievre dont ε
craignoit les ſuites. Ainſi après avoir remaε
cié ce Gentilhomme & toute ſa famille
je m'en retournai chez moi, promettant à
Archer de revenir le voir le lendemain maε
tin.

J'apris à M. Saris le bonheur que j'avois ε
de ſauver la vie à un de mes bons amis ; qu
je n'ayois pas vu depuis tant d'années. I

me fut aifé de voir que M. Archer étoit
beaucoup mieux, il avoit tout l'air d'un
homme extrêmement bien élevé, & l'on
apercevoit en lui, au milieu de la rudeffe
angloife, l'extérieur & les regards doux
des Portugais, qui faifoient un très - bon
effet; mais ce que j'eftimai plus en lui, fut
d'aprendre qu'il avoit toujours confervé le
cœur franc, & cette candeur qu'il avoit
autrefois, lorfque nous nous livrions enfemble à l'étude fous la direction de mon
pere. J'avois mené M. Saris avec moi, &
nous l'avions trouvé en fi bon état, qu'il
pouvoit nous parler fans danger. Ce fut
alors que nous nous renouvellâmes ces
témoignages d'affection fi naturels à deux
perfonnes qui s'aiment. Je lui fis à fa priere
le détail de toutes mes aventures, & de ce
que j'avois fait depuis le moment de notre
féparation jufqu'alors. Il en fçavoit déjà une
bonne partie que fon pere lui avoit écrite;
j'eus la joie d'aprendre qu'il fe portoit bien,
ainfi que M. Sharpley le pere : à l'égard du
fils, il y avoit près d'un an qu'il n'en avoit
reçu de nouvelles. Il prit part à mes malheurs en homme qui m'aimoit véritablement, & me félicita avec une fatisfaction
fincere de la bonne fortune qui m'étoit arrivée depuis. Je le queftionnai fur ce qui le
regardoit; fa vie n'avoit été troublée par
aucun accident extraordinaire. Occupé à un
commerce réglé, il étoit parvenu à fe faire
une affez jolie fortune. Il n'avoit point
borné fes occupations au commerce feul.

C 3

d'Oporto; il avoit fait de fréquens voyages à Lisbonne, d'où il avoit pris une cargaiſon pour aller à Madere; mais en ayant diſpoſé fort avantageuſement, il avoit deſſein de paſſer avec nous en Hollande, où il comptoit pouvoir faire un autre chargement pour Oporto. Les lettres qu'il avoit reçues d'Angleterre étoient de bien plus fraîches dates que les miennes; il m'aprit que mon pere & tous nos amis du pays d'York ſe portoient bien; il me dit qu'il ſe propoſoit de venir nous y voir dans un an, & que ſi ſes affaires tournoient à ſa ſatisfaction, il s'établiroit à Londres. Je fus charmé de la propoſition qu'il me fit de venir avec nous en Hollande, & je l'aſſurai qu'il ne manqueroit d'aucune des commodités du voyage, duſſai-je moi-même coucher dans un branle. M. Archer avoit mené juſqu'alors une vie toute unie, telle que la mene un Marchand qui ne ſonge qu'à s'enrichir dans ſa profeſſion. En effet, perſonne ne paroiſſoit plus propre au trafic que lui, & il poſſédoit tous les talens qu'on peut exiger de ceux qui s'y deſtinent. Comme il ne m'avoit pas dit un ſeul mot d'amour dans toute ſon hiſtoire, je ne pouvois m'imaginer comment il avoit pu être attaqué par ces braves, ces ſortes d'aventures étant ordinairement la ſuite de quelques intrigues amoureuſes. C'eſt pourquoi je pris la liberté de lui demander s'il ſçavoit ce qui lui avoit attiré de leur part un pareil traitement? Il me répondit qu'il en ſoupçonnoit quelque

chofe ; que fans doute les careffes qu'il re-
cevoit de Dom Henriquez & de fon aimable fille, avoient allumé la haine de Dom
Juan, noble Portugais, qui avoit des prétentions fur elle ; & que comme l'amour &
la jaloufie ne vont prefque jamais l'un fans
l'autre dans le cœur d'un Portugais, il avoit
faifi ce moyen de fe défaire de lui. Nous
raifonnâmes long-tems fur les principes bas
qui animent bien des gens de cette Nation,
& enfuite nous tombâmes fur les duels qui
font fi communs dans d'autres Pays. M.
Saris remarqua que la façon de fe débarraffer d'un ennemi comme les Portugais vin-
dicatifs, eu égard aux idées que les différentes Nations fe forment des chofes, n'eft
guere plus blâmable que le duel, fi on la
confidere fous le point de vue qu'a le duel-
lifte auffi-bien que l'affaffin, qu'il n'y a
que le fang de fon ennemi qui puiffe réparer
fon honneur, ou le mettre à couvert. En
effet, l'Anglois & le François plus généreux, combattent feul à feul, & font face
à leur ennemi; mais ils ont dans le cœur
les mêmes principes qu'un Italien, qui vous
affaffine par derriere d'un coup de ftilet :
ils vifent tous au même but, & y arrivent
par différens chemins. On peut dire que
l'ufage des Anglois & des François eft encore plus abfurde; car recevoir une injure,
& mettre encore votre ennemi à même de
vous ôter la vie, c'eft confondre le bien &
le mal. Il eft donc ridicule que l'on ne paie
pas du dernier mépris les uns & les autres,

& que par une Loi générale on ne les re-
tranche pas de la fociété , comme ennemis
des vertus les plus effentielles , qui font la
miféricorde & l'oubli des injures.

Le Capitaine Beeckman ayant bien voulu
à notre priere permettre que M. Archer
vint fur fon bord , nous nous arrangeâmes
de notre mieux ; lorfqu'il fut tout-à-fait rétabli , & qu'il eût arrangé fes affaires à fa
fatisfaction avec fon Correfpondant de
Lisbonne , nous prîmes congé de tous nos
amis & de nos connoiffances ; & ayant
levé l'ancre , nous prîmes la route du nord-
eft. Nous eûmes bientôt perdu l'Ifle de vue ,
nous avions un vent favorable qui nous faifoit efpérer de voir bientôt la fin de notre
ennuyeux voyage. Le beau tems continua
pendant tout le refte de notre traverfée ;
& comme nous étions alors dans la plus
agréable faifon de l'année , nous fîmes le
voyage avec plaifir. Il n'eft pas poffible d'exprimer les mouvemens de joie dont mon
cœur fut faifi en rentrant en Europe , d'où
j'avois été fi long-tems abfent. Tous jufqu'aux moindres de nos Matelots reffen-
toient la même fatisfaction ; & M. Saris ,
quoiqu'accablé d'une mélancolie noire &
profonde , parut goûter alors quelque plaifir.
C'eft la Providence , c'eft le Ciel même
qui a mis dans nos cœurs cet amour pour
notre Patrie , qui anime & dirige nos actions ; le doux penchant qui nous fait defirer
de vivre & de mourir à l'endroit où nous
avons reçu la naiffance , & où nous avons

commencé à devenir membres de la société. L'Habitant glacé de Laplande, le Hot-
tentot brûlé du Soleil, font du même avis ;
& lorfqu'ils fe voient privés de leur pays
natal, ils fe croient malheureux, languif-
fent, & menent la vie la plus trifte.

Nous vînmes jetter l'ancre dans cette
fameufe Riviere où eft fituée Amfterdam,
le marché le plus renommé de tout l'Uni-
vers. Je crus pendant long-tems que ma
curiofité ne feroit jamais fatisfaite, & que
je ne finirois pas de parcourir toutes les
merveilles de cette grande Capitale, non-
feulement des Provinces-Unies ; mais encore (on peut le dire) de tout le Monde
commerçant. Mes deux compagnons qui
n'étoient jamais venus, non plus que moi,
dans ce pays, n'en furent pas moins char-
més, & s'inftruifirent avec plaifir des Loix
& des Coutumes de ce Peuple fage &
nombreux.

CHAPITRE LIV.

M. Saris part pour l'Irlande. Archer quitte Thompson, & s'embarque pour Oporto. Thompson se défait avantageusement de son diamant. Il va voir Roterdam & autres Places de Hollande. Il s'embarque pour Londres sur un vaisseau qui est pris par les François.

MOnsieur Saris ayant trouvé une occasion d'aller en Irlande sur un vaisseau chargé pour Cork, s'assura du passage ; & après avoir pris congé de nous , & m'avoir promis d'entretenir avec moi un commerce de lettres , il s'embarqua, & me laissa le soin de lui faire tenir les effets qu'il avoit entre les mains de Truman , lorsque je serois en Angleterre. Je fis tout mon possible pour l'engager à m'y accompagner ; mais il avoit tant d'envie de voir son fils , que je ne pus en rien obtenir. Aussi-tôt après son départ, M. Archer ayant fait une pacotille considérable pour le Portugal , prit aussi congé de moi, & me chargea de ses lettres pour son pere, le mien & pour M. Sharpley. Je le quittai avec beaucoup de regret ; cette séparation ne lui fut pas moins sensible qu'à moi; nous nous consolâmes l'un l'autre , dans l'espérance qu'il seroit en état au bout d'un an de terminer ſes affaires, & de revenir en Angleterre.

J'allai voir pluſieurs fameux Jouailliers pour leur montrer mon gros diamant, dont j'étois alors réſolu de me défaire, afin d'en envoyer le montant en Angleterre ; mais ſoit par ignorance, ſoit par friponnerie, ils l'eſtimoient à un prix ſi bas, que je me déterminai à ne point le vendre du tout en Hollande. Cependant étant allé un jour dans un Caffé vis-à-vis le Stadthouſe, pour en parler à M. Levi, célebre Banquier Juif, il fut ſurpris de ſa beauté, & me propoſa un acheteur. En effet, il en fit parler au Prince de Darmſtadt, dont l'Agent me paya comptant 22000 livres ſterlings, ce qui étoit beaucoup plus que je n'avois compté le vendre. Je me crus ſi redevable à la fidélité de M. Levi, que je le preſſai d'accepter un preſent de 200 florins, outre ſon droit de commiſſion. Je me trouvois alors beaucoup plus riche que je n'aurois jamais eſpéré. Je mis tous mes fonds en lettres de change, payables à Londres, que j'envoyai par le Paquebot à M. Diaper, & je ne me réſervai qu'une ſomme d'environ 500 liv. ſterl. pour me conduire chez moi, & pour mes beſoins. Je fis alors le tour des Provinces-Unies ; je viſitai les Places les plus conſidérables de la République, & enfin je me rendis à Roterdam dans l'eſpoir de trouver quelque vaiſſeau pour paſſer en Angleterre. En effet, je trouvai le Salisbury prêt à partir ; & m'étant arrangé avec

le Capitaine Mackinzy, je m'embarquai,
& nous mîmes à la voile trois ou quatre
jours après, pour me rendre dans un pays
après lequel mon cœur soupiroit depuis
long-tems, quoiqu'il me rapellât dans l'efprit mille idées défefpérantes.

Le vaiffeau du Capitaine Mackinzy étoit
un gros bâtiment bien équipé ; ainfi quoique le Canal & les Mers feptentrionales
fuffent couvertes de Pirates, il réfolut de
ne point attendre de convoi, & de partir
feul. Nous profitâmes donc du premier vent
favorable ; nous ne tardâmes pas à être pour-
fuivis par un Corfaire fous pavillon de France, quoique nous mîmes toutes nos voiles ;
mais il alloit beaucoup plus vîte que nous,
& nous atteignit bientôt. C'étoit un grand
vaiffeau qui n'étoit chargé que de canons
& d'hommes. Néanmoins Mackinzy réfolut de faire tout ce qu'il pourroit pour fe
fauver ; & aprochant du vaiffeau ennemi,
il lui envoya une bordée qui rafa fes mâts
d'avant & d'arriere, & endommagea fes
cordages. On nous en rendit une autre ;
& comme le vaiffeau étoit fort garni de
foldats armés de fufils, ils firent une décharge générale qui nous tua & bleffa beaucoup de monde. Le Capitaine Mackinzy
fut tué d'un coup à la tête ; fon Lieute-
nant fut mis hors de combat ; & tout étant
en confufion, je crus qu'il étoit tems de
baiffer pavillon. L'ennemi nous envoya fa
chaloupe, & ayant mis du monde dans
notre vaiffeau, je fus pris avec deux ou

trois autres Paſſagers, & mené au Capitaine qui ſe nommoit *la Serre*. Le vaiſſeau
étoit apellé *le Terrible*, & apartenoit au
Havre de Grace. Cet Officier nous reçut
avec beaucoup de politeſſe, nous rendit
nos épées, nous fit dîner avec lui, & dé-
fendit à ſes gens de fouiller aucun des Priſonniers. Il trouva que ſa priſe étoit fort
bonne : en effet, nous étions chargés d'une
cargaiſon aſſez riche ; ce fut peut-être là le
motif qui nous attira de ſi bons traitemens.
Ma perte monta à peu de choſe. M. de la
Serre me traita avec beaucoup de diſtinc-
tion, & me parut charmé de ma converſation. Je me trouvai ainſi dans l'état de
Priſonnier ; mais je n'en fus pas beaucoup
allarmé, parce qu'il y avoit, à ce qu'on
m'avoit dit, un cartel arrêté entre les deux
Nations pour l'échange des Priſonniers de
part & d'autre. Je fus même charmé d'a-
voir occaſion de voir la France, comme
je l'avois deſiré depuis long-tems.

CHAPITRE LV.

Il part pour Paris. Rend service à un Officier Anglois qui étoit dans le besoin, & le reconnoît pour un ancien ami. Ils se racontent l'un à l'autre leurs aventures, & vont ensemble à Versailles, où l'Officier devient amoureux d'une Dame qu'il rencontre dans les jardins.

APrès s'être défait de la prise & de ce qui étoit à bord du Terrible, le Capitaine nous mena à Dunkerque, où nos gens furent mis en prison ; pour moi & les autres Passagers, nous eûmes la liberté sur notre parole de nous promener dans la Ville, pourvu que nous n'aprochassions point des remparts, qu'on a grand soin de ne laisser voir à aucun Etranger. On nous assigna un logement, & lorsque j'y fus un peu établi, j'écrivis à mon pere, à Truman, & à mes autres amis d'Angleterre, à qui j'avois déjà donné de mes nouvelles de Roterdam. Je leur fis part de l'accident qui m'étoit arrivé, & les informai que j'avois tiré une lettre de change de 200 livres sterlings sur Londres, payable à vue à M. Varillon ou à son ordre. J'en reçus la réponse au bout d'un mois, & j'appris que Truman étoit arrivé en Angleterre à bon port avec tous mes effets ; que l'on avoit

difposé de tout de la maniere la plus avantageufe ; que les lettres que j'avois tirées
de Hollande , avoient été payées ; que tous
mes amis étoient en bonne fanté , & defi-
roient de me revoir ; que M. Goodwill
m'avoit obtenu des lettres de recomman-
dation pour le Miniftre de la Marine de
France , au moyen de quoi on ne doutoit
pas que je ne fuffe bientôt relâché. L'on
avoit jugé à propos de prendre cette voie,
parce qu'il n'y avoit pas d'aparence qu'il
partît fi-tôt d'Angleterre des Prifonniers
François pour les échanger. La lettre de
ma mere étoit pleine de tendreffe ; elle
m'y donnoit mille témoignage de fon amitié dont j'avois eu tant de preuves. Une
des chofes qui me fit le plus de plaifir, ce
fut de recevoir une lettre de mon ami Diaper , qui étoit arrivé heureufement en Angleterre , & qui n'attendoit que mon retour pour célébrer fes noces avec Miff Bellair. Dix jours après avoir reçu ces lettres ,
qui m'avoient mis le cœur en repos , le
Gouverneur de Dunkerque reçut ordre de
relâcher un Gentilhomme Anglois, nommé Thompfon , & de le laiffer aller par-
tout où il voudroit. Il m'envoya chercher
& m'aprit cette nouvelle. Je le remerciai
de mon mieux , & il me retint à dîner. J'é-
crivis alors une lettre de remercimens au
Miniftre , & lui demandai la permiffion d'aller le remercier en perfonne auffi-tôt mon
arrivée à Paris , où je comptois me rendre dès que j'aurois fini mes affaires à Dun-

kerque. En effet, je n'eus pas plutôt reçu des remises de Londres, que je résolus de partir pour Paris; mais je ne crus pas pouvoir quitter Dunkerque avec quelque satisfaction, si je ne tâchois auparavant d'adoucir les rigueurs de la prison de mes Compatriotes qui étoient en grand nombre. J'allai les voir, leur donner quelqu'argent à chacun, & je laissai pour l'usage des Matelots du Vaisseau, sur lequel j'avois été pris, une somme d'argent considérable, entre les mains de M. Postlethwaite, Marchand Anglois établi à Dunkerque, en le priant de la distribuer suivant sa prudence à ceux qu'il trouveroit en avoir besoin. Dunkerque est moins formidable à présent pour les Anglois par sa situation & par les fortifications qu'on y a faites, que parce qu'il sert d'asyle à presque tous les Criminels & les Banqueroutiers qui sont forcés de quitter leur pays, pour éviter la punition de leurs fraudes. Les derniers sur-tout, qui s'occupent, au mépris de nos Loix, à faire passer en Angleterre des marchandises prohibées, sont fort utiles aux François, en ce qu'ils donnent avis à leurs Marchands des Vaisseaux de Guerre & des Corsaires qui sortent de nos Ports, & de leur destination; au moyen de quoi ils sont en état d'éviter d'être pris. Aussi il n'y a point de gens qui soient mieux traités par les Gouverneurs de tous les Ports de Mer François.

Je louai une voiture commode, & me rendis

rendis à Calais par la route de Gravelines ;
ensuite je pris une place dans le carrosse
pour Paris. Notre compagnie confistoit en
trois ou quatre Officiers François , & un
Jacobin , qui s'y rendoit pour être Aumô-
nier d'une personne de distinction. Je m'a-
musai beaucoup en leur compagnie ; & la
politesse ordinaire à la Nation Françoise ,
rendit notre voyage tout-à-fait gracieux.
Un de nos compagnons nous quitta à
Amiens , & fut remplacé par un Anglois ,
dont la figure & le caractere paroissoient
formés pour plaire. Il est tout naturel à un
Anglois d'être curieux de sçavoir ce qui
attire ses Compatriotes en France. Il nous
dit d'un air franc , qu'il avoit été Capitaine d'un petit Vaisseau de Guerre Anglois
apellé le *Spy* ; qu'ayant poursuivi avec
trop d'ardeur un Corsaire François , il avoit
échoué sur la côte de France , où ayant
perdu son vaisseau , il avoit été obligé de
se sauver dans sa chaloupe , & avoit été
fait Prisonnier ; que tout son Equipage &
lui avoient été échangés ; mais qu'ayant
contracté une étroite amitié avec M. Duplessis , Capitaine du Vaisseau de Guerre
François *l'Aimable* , il lui avoit promis de
l'aller voir à Paris. La conversation de cet
Officier me donna de lui une haute idée ;
il y avoit quelque chose de si doux dans
son caractere , qu'on ne pouvoit s'empêcher de l'aimer. Arrivés à Beauvais , ce
Gentilhomme me tira à l'écart , & après
m'avoir fait bien des excuses , il me dit que

IV. Partie.   D

la connoiſſance qu'il avoit de la généroſité
de ſes compatriotes, & quelques diſcours
qu'il m'avoit entendu tenir, lui faiſoient
eſpérer que je voudrois bien lui rendre ſervice. Monſieur, me dit il, j'ai eu le malheur d'être volé entre Calais & Amiens
par deux ſoldats Irlandois, qui m'ont pris
tout ce que j'avois ſur moi ; & je ne ſçau-
rois me promettre de recevoir d'argent de
quelques ſemaines. Il ne me reſte plus que
vingt ſols, & je ne ſuis en état de payer
ni ma place ni à l'auberge ; mais ſi vous
avez aſſez de confiance en moi pour me
prêter quelques écus, vous pouvez compter que je vous les rendrai fidelement. Je
le pris par la main, & lui dis, qu'il me
faiſoit plaiſir de s'adreſſer à moi. Alors ou-
vrant ma bourſe, j'en tirai pluſieurs louis
d'or que je lui mis dans la main. Il reſta
quelque tems ſans parler ; enſuite me ſer-
rant dans ſes bras, & ne trouvant point de
termes pour m'exprimer ſa reconnoiſſance,
il s'écria enfin ! plaiſe à Dieu, Monſieur,
que je puiſſe mériter votre amitié, car je
ſens déjà que je ſerai malheureux, ſi je ne puis
gagner votre eſtime. Peut-être qu'un jour
vous ne ſerez pas fâché d'être connu de Sharpley. Sharpley, répondis-je, en changeant de
ton & de viſage, cela eſt-il poſſible ! Dites-
moi, Monſieur, dequelle Province êtes-vous ?
Si vous êtes d'York, comme le cœur ſem-
ble me le dire, je m'eſtimerois bien heureux. C'eſt mon pays, reprit-il avec pré-
cipitation. Mais, Monſieur, connoîtriez-

vous mon nom & ma famille? Non feulement je les connois, Monfieur, mais je les
aime autant que moi-même , & je m'en
veux très-fort de n'avoir pas reconnu plutôt mon cher ami. Venez dans mes bras,
& partagez tout ce qui m'appartient ; notre
ancienne amitié vous y donne droit. Eſt-
il poſſible que vous ne vous rapelliez point
Thompſon. Thompſon , s'écria-t-il ! quoi...
Oui , mon cher Joſeph.... oui, c'eſt lui-
même. Ceci m'explique ces mouvemens
que j'ai ſentis pour lui. Nous nous embraf-
fâmes , & je ne crois pas qu'on ait jamais
vu tant de témoignages d'amitié & de ten-
dreſſe entre deux amis. Nous ne nous laſ-
ſions point de cauſer enſemble ; & cette
rencontre imprévue dans un pays étranger
& dans de pareilles circonſtances , nous
cauſa tant de plaiſir & de ſatisfaction , que
je n'ai point de termes pour les rendre.
Sharpley avoit quelque choſe de plus conforme à ma façon de penſer qu'Archer ;
il avoit l'ame plus généreuſe & plus fran-
che. Sa vie avoit été traverſée comme la
mienne ; & il régnoit dans ſon caractere
& dans toutes ſes actions une certaine fran-
chiſe & une grandeur naturelle qui ne peut
manquer d'attirer l'eſtime & l'amitié. Nous
répandimes des larmes de part & d'autre ;
nous avions tout-à-fait oublié que nous allions à Paris, lorſque le cocher vint inter-
rompre nos tranſports , en nous avertiſſant
qu'il falloit partir. Le reſte du voyage fut
très-gracieux pour nous. Nous arrivâmes

à Paris, où Sharpley me força de l'accompagner chez M. Dupleffis, qui de l'air du monde le plus poli, nous pria de difpofer de fa maifon comme de la nôtre pendant notre féjour. Je fus charmé de la fociété de cet aimable homme & de fa famille : pour Sharpley, il y fut traité plutôt en frere, que comme une fimple connoiffance. M. Dupleffis avoit reçu quelques bleffures dans un combat contre un Vaiffeau de Guerre Anglois, & avoit obtenu une permiffion de venir paffer quelques mois avec fa famille dans cette Ville, où il avoit toujours une compagnie très-nombreufe. Quand nous fûmes un peu arrangés, je pris Sharpley en particulier ; & comme il n'attendoit point de remife de quelque tems, je le priai de difpofer librement de ma bourfe & de la partager ; qu'à mon égard j'avois de l'argent à recevoir à Paris, & que je l'engageois fort à en difpofer fans aucune réferve. Nous partageâmes auffi-tôt ce qui me reftoit, & nous commençâmes à vivre en commun avec cette franchife qui diftingue les vrais amis d'avec ces gens intéreffés, qui ne font bons que pour eux feuls, & qui ne connoiffent point les principes fublimes que nous fentions au fond de nos cœurs.

O douce amitié qui échauffe le cœur, & qui dédommage de tous les maux de la vie ! Tu lies enfemble tout le genre humain, & ce nœud eft auffi néceffaire aux fociétés qu'aux individus. Tu diminues les accès du malheur, en inspirant la compassion la plus tendre. La joie aime à se communiquer, & elle augmente à mesure qu'elle rencontre des gens qui partagent ses transports. Oh ! puissai-je n'être jamais séparé de toi ! Tu adouciras toujours les malheurs de ma vie ; tu portes la consolation dans les cœurs les plus troublés.

A la premiere occasion je satisfis le desir de mon ami, & lui rendis compte de tout ce qui m'étoit arrivé depuis l'instant qu'il étoit parti d'Angleterre. Il fut fort touché des accidens que j'avois éprouvés ; mais j'en vins à lui raconter la mort de ma chere Louise, & le désespoir dont j'avois été saisi. Après cette triste nouvelle, il ne put arrêter ses larmes qui coulèrent en abondance, & qui me marquerent mieux que toute autre chose, la véritable affection qu'il me portoit. Il me fit ensuite le recit de ses aventures, qui consistoient principalement en voyages & affaires, & dans la description de plusieurs lieux qu'il avoit vus dans les différentes parties du Monde. Il avoit écrit à son pere depuis qu'il étoit prisonnier ; mais il n'en avoit reçu aucunes lettres ; de sorte que je lui fis beaucoup de plaisir en lui communiquant les dernieres nouvelles que j'avois reçues d'Angleterre, & principalement en lui aprenant que son pere se portoit bien. Il ne l'avoit pas vu depuis son premier embarquement ; car il n'étoit revenu qu'une seule fois en Angleterre, lorsqu'il fut nommé pour aller croi-

fer avec le *Spy* ; & alors il n'avoit eu que
le tems de lui écrire une feule fois. Il avoit
fait quelques prifes affez avantageufes, fuivant ce que lui avoit mandé fon Agent à
Towerhill ; de forte qu'indépendamment
de fa paie , il fe voyoit propriétaire d'une
fomme d'argent affez confidérable. Il avoit
effuyé tant de fatigues au fervice, que ,
quoiqu'il fût plein d'affection pour l'intérêt
de fon Roi & de fon Pays , il ne defiroit
rien autre chofe que de retourner dans fon
Pays , & d'y jouir de quelques années de
repos. Pour cet effet il étoit réfolu de venir
avec moi , après avoir vu tout ce qu'il y
a de curieux en France. Je fus charmé d'a-
prendre fon deffein , & je lui dis en l'embraffant que fon intérêt me feroit toujours
cher , & que tant qu'il me refteroit de
l'argent , il n'en manqueroit jamais. Il reçut
cette déclaration avec une émotion fi fenfible , & me fit tant de remercîmens , que
je fus obligé de lui impofer filence. La vie
de marin ne lui avoit rien ôté de fon éloquence naturelle , & je reconnus en lui
ces germes de fcience , & ces principes
nobles que lui avoit infpirés fon digne Maître & le mien ; bien loin de les avoir laiffés affoiblir par une vie inquiéte & troublée , & par les embarras & les dangers ,
qui font le partage des gens de fon métier ,
il les avoit plutôt fortifiés par fes obferva-
tions particulieres. En effet , il eft malheureux pour la plupart des Officiers de Marine , d'être envoyés à la mer trop jeunes ,

& avant que d'avoir pris une teinture des
sciences qui pourroient les polir, & leur
aprendre à se conduire dans la suite de
leur vie : quoi qu'en puissent dire les grands
Marins , il n'est pas plus nécessaire de com-
mencer plutôt pour réussir dans cette profession, que dans celle des Armes , où l'on
trouve communément les gens les plus po-
lis & les mieux élevés.

Il n'étoit pas surprenant que nous ne nous
fissions pas reconnus l'un l'autre : car
Sharpley dans sa jeunesse étoit mince , élan-
cé , & avoit le plus beau teint du monde ;
mais il étoit devenu fort gros , & son visage étoit devenu brun , ce qui joint à la
différence que formoit en lui un habit de
mode & une perruque , pouvoit bien me
déguiser ses traits. Je ne crois pas avoir jamais vu homme qui eût l'air plus noble que
lui. Ses regards , ses gestes lui attiroient à
l'instant la bonne opinion de tous ceux qui le
voyoient. Pour moi , j'étois fort mince ,
& la chaleur violente du climat d'où je
sortois , m'avoit rendu noir comme un mu-
lâtre. J'avois aussi pris la perruque , & la
richesse de mon habit pouvoit bien faire
méconnoître le petit Ecolier d'York. D'ailleurs , j'avois contracté depuis la perte de
ma chere Louise une si grande indifférence
pour les ajustemens , que j'aurois pu paroître fort changé pour tout autre qui n'auroit pas été si long-tems sans me voir , que
M. Sharpley.

M. Duplessis avec M. Bassompierre son

neveu, & quelques autres Gentilshommes
François, eurent la complaisance de nous
mener à tous les Spectacles de Paris, à
l'Opéra & aux deux Comédies ; & par le
moyen du Marquis d'Houdancour, son
ami intime, nous eumes l'honneur d'être
presentés à Sa Majesté Très-Chrétienne,
de la voir danser au Bal, & d'assister plusieurs fois à son dîner avec la Famille Roya-
le. Nous vîmes Fontainebleau, Marly &
tous les Châteaux des environs les plus
remarquables. Nous allâmes aussi une ou
deux fois par partie de plaisir à S. Denis,
& nous ne pûmes nous empêcher d'admirer par tout cette douceur & cette politesse
qui rend les habitans de ce pays si aimables pour les étrangers. Il nous restoit encore une chose à examiner : nous ne vou-
lions pas quitter la France sans cela ; je
veux dire, le magnifique Palais de Versailles, & les jardins qui méritent l'admiration de tout le monde. Plusieurs de nos
nouveaux amis nous ayant proposé de nous
y mener, nous partîmes dans le carosse du
Marquis, & nous nous rendîmes dans ce
séjour charmant.

Nous employâmes trois ou quatre jours
à visiter d'un bout à l'autre cette magnifique maison, & nous y trouvâmes tant de
merveilles, que nous ne pûmes quitter ce
Palais enchanté qu'avec regret. Rien au
monde ne peut égaler les beautés qu'on y
aperçoit de toutes parts, & qui en même
tems charment les yeux & les cœurs. Les
apartemens

apartemens superbes , décorés de tout ce
l'art & la nature ont pu produire de plus
beau , & les jardins immenses diversifiés
par mille bosquets , & ornés de statues ,
semblent la retraite favorite de toutes les
Divinités champêtres. Flore y a distribué
ses graces les plus exquises ; les Driades
jouent dans tous les détours & les recoins
du monument éternel de la gloire de Louis
XIV , qui , au milieu de l'embarras des
guerres , a trouvé le vrai moyen de mériter le nom de Grand , en protégeant tous
ceux qui ont sçu se distinguer dans les sciences & dans les arts , & en suivant l'exemple d'Auguste , qui chérissoit les Artistes ,
bien sûr que par leur moyen il vivroit à jamais. C'est ici , plutôt que par ses con-
quêtes , qu'il a jetté les fondemens d'un
Empire universel ; & si quelque chose con-
tribue tôt ou tard à donner un pareil titre
à ce pays, ce sera à coup sûr en encoura-
geant les sciences & les arts libéraux , &
en attirant ainsi à la France le respect, l'estime & la vénération de toutes les autres
Nations , qui commencent déjà à se conduire en général par les mêmes maximes,
qui en parlent la langue , & qui cherchent
à acquérir la politesse & l'urbanité qui lui
sont naturelles. En un mot , elle tient le
premier rang dans la Littérature , & donne
à ses usages & à ses loix une douceur si
attrayante , que tout le monde lui rend
hommage.

Nous étions prêts à partir de ce Palais
IV. Partie. E

enchanté, lorſqu'étant à la promenade dans le Parc, nous rencontrâmes deux Dames, dont une étoit maſquée. Toutes deux à notre aproche voulurent gagner une autre allée ; mais voyant que nous les gênions, nous penſâmes à nous retirer ; & je dis à Sharpley : paſſons dans l'autre allée. La Dame maſquée s'écria : grand Dieu, qu'eſt-ce que je vois ! & elle s'évanouit dans les bras de ſa compagne. La douceur de ſa voix frapa tout le monde, excepté moi, à qui il ne reſtoit depuis long-tems ni oreilles ni yeux pour admirer les perfections des femmes ; ainſi je continuai mon chemin avec M. Dupleſſis, tandis que Sharpley, le Marquis & Baſſompiere coururent au ſecours de ces Dames. La belle évanouie venoit de reprendre ſes ſens. Elle rendit graces à ces Meſſieurs de leurs bonnes intentions ; mais jettant les yeux de tous côtés, comme pour chercher quelqu'un, il lui échapa un profond ſoupir, quand elle vit que ce qu'elle cherchoit, ne ſe trouvoit pas. L'autre Dame renchérit encore ſur les complimens, & elles ſe retirerent ; mais le Marquis ayant ſçu par un domeſtique qui les accompagnoit, & à qui il s'adreſſa, qu'elles n'avoient point de voiture pour les ramener, il les preſſa d'accepter ſon caroſſe, & Sharpley offrit de les accompagner. Elles l'accepterent après quelques façons ; & ordonnant au cocher de les mener à Saint Cloud, elles les laiſſerent pleins d'admiration de leur grande beauté. Nous

nous rendîmes le même soir à Paris dans
un autre carosse , & nous y trouvâmes M.
Sharpley qui ne faisoit que d'arriver. Il nous
parut si grave & si réservé , que toute la
compagnie l'en railla , & lui dit que sa politesse pour les Dames inconnues lui avoit
coûté bien cher. Il sourit, & éluda une réponse précise ; ce qui confirma de plus en
plus notre observation. Quand nous fûmes
retirés , il me pria de souffrir qu'il vint me
voir dans mon apartement ; & alors il me
dit qu'il apréhendoit d'être malheureux à
jamais , s'il ne pouvoit acquérir l'estime
d'une des Dames qu'il avoit conduites. Mon
ami, s'écria-t-il tout transporté , jamais on
n'a vu rien de si parfait que cette aimable
Dame , & les beautés de son ame sur-
passent encore celle de sa figure. D'ailleurs,
elle a une gaieté & une douceur si naturelle , & qui a tant de raport à mon tempérament , que je ne puis plus vivre sans
la posséder. Aidez-moi dans ce projet , mon
cher Joseph , & comptez que je suis à
vous pour tout le reste de ma vie. L'autre
Dame est aussi d'une beauté parfaite , mais
elle est trop triste & trop rêveuse pour moi ;
& si j'en juge par ses soupirs fréquens , &
par les larmes involontaires qui coulent de
tems en tems sur son beau visage , il faut
qu'elle ait dans le cœur un grand fonds de
chagrin : en un mot , elles sont Angloises.
L'une est fille, & l'autre niece d'une Dame
qui demeure en France depuis quelques années ; elles voient peu de compagnie , &

m'ont fait l'honneur de m'inviter en général d'aller les voir à Saint Cloud, où elles
ont une maifon belle & fpacieufe, & vivent
à tous égards comme des perfonnes de diftinction. Quel bonheur pour moi, fi je
pouvois obtenir une compagne fi chere pour
adoucir les chagrins de ma vie ! Il y a une
chofe qui m'a furpris, c'eft que cette Dame
mélancolique, qui eft la niece, s'eft informée particuliérement du nom de ceux avec
qui elle nous a vus à Verfailles, & entr'autres elle m'a demandé qui étoit le
Gentilhomme en habit écarlate galonné
d'or, qui avoit quitté l'allée avec un autre
plus vieux, pour les laiffer libres. Je ne lui
ai pas plutôt répondu que vous étiez Anglois, & que vous vous nommiez Thompfon, qu'elle s'eft trouvée mal, & a pleuré abondamment. On l'a portée au lit dans
cet état ; fa coufine & fa tante m'ont affuré
que ces accidens lui arrivoient fréquem-
ment, & qu'elle avoit toujours eu de ces
accès depuis fon enfance. Cependant nous
avons toujours continué à parler de vous ;
& ma Maîtreffe m'a demandé d'un air curieux fi vous étiez marié, & de quelle partie
du monde vous veniez. J'ai fatisfait à fes quef-
tions ; & quoique je fçache toute votre indifférence, permettez-moi de vous dire ce
que je penfe. Je crois que dès le premier
coup d'œil vous avez réduit la niece au point
où je defirerois de tout mon cœur de pouvoir amener fa coufine, après des années
entieres de foins & de fervices. Je félicitai

Sharpley de sa bonne fortune , & lui promis de l'aider dans ses amours en tout ce
que je pourrois ; & après nous être em-
brassés , nous nous retirâmes chacun dans
notre apartement.

CHAPITRE LVI.

Sharpley fait de grands progrès dans ses
amours. Il presente un Page à Thomp-
son, à la priere de Serene. Il part pour
se rendre en Normandie chez le Marquis
de Houdancourt. Ils sont attaqués en
chemin par des voleurs. Son Page lui
sauve la vie. Histoire du Marquis & de
la belle Marguerite Daulnay. Ils la ti-
rent de sa prison , & elle épouse le Mar-
quis.

MOn ami étoit presque toujours aux
pieds de sa Maîtresse , & quoiqu'il
ne pût jamais gagner sur moi de l'y accompagner , néanmoins j'apris de lui de
tems en tems qu'il avoit lieu de se croire
un homme fort heureux , & que Serene sa
Maîtresse avoit pour lui tout le retour que
méritoit une passion aussi fidéle & aussi
tendre que la sienne. Je n'aurois pas fait
difficulté d'aller voir cette Dame & sa famille , comme elle m'en avoit fait prier ,
si ma visite eût pu être de quelque utilité
à mon ami. Mais le recit qu'il m'avoit fait
de la sensibilité de la niece , m'en empê-

E 3

cha. J'avois trop d'honneur pour tromper une fille dans une affaire aussi importante, & qui, à mon avis, intéressoit le bonheur du reste de sa vie; & j'avois formé depuis la perte de ma chere Louise, une résolution si ferme de ne plus penser aux femmes, que je ne voulus pas m'exposer à la tentation de la part de ce sexe enchanteur. Scharpley vit bien qu'il n'y avoit rien à repliquer à mes raisons, & ne me pressa plus sur cet article.

Il me dit un jour qu'il avoit une proposition à me faire, & qu'il espéroit que pour l'amour de lui, je ne le refuserois pas. Je lui répondis que je ne pouvois concevoir qu'il pût me rien demander que je ne lui accordasse sur le champ. Eh bien, mon cher, me repliqua-t-il, je vais donc m'expliquer. Miss Serene à qui j'ai souvent, dans les épanchemens de mon cœur, fait le recit de notre amitié & de vos excellentes qualités, m'a demandé si vous aviez avec vous quelque Domestique fidèle; & sur ce que je lui ai répondu que ni vous ni moi n'en avions; mais que depuis notre arrivée à Paris, nous en avions loué deux dont nous n'étions pas satisfaits, elle m'a dit qu'elle étoit chargée de placer le fils d'un Officier malheureux, & qu'elle regarderoit comme une faveur, si je pouvois vous déterminer à le prendre à vôtre service. J'espere, mon cher Joseph, que vous ne me refuserez point; & que comme la niéce est allée en campagne, vous m'ac-

compagnerez chez Serene pour le recevoir
de sa main. Je goûtai d'autant plus volontiers
la proposition de Sharpley , que je n'avois
personne à qui pouvoir me confier, & je lui
promis d'aller le lendemain rendre visite à
Serene. Sharpley fut charmé de ma complaisance., & eut soin de ne pas me laisser
manquer au rendez-vous. Nous fûmes très-
bien reçus de cette Dame qui étoit extrêmement belle , & de sa mere. Je ne sçais
comment la chose arriva ; mais je goûtai
dans leur conversation un plaisir dont je ne
me serois jamais cru capable en la compagnie des femmes. Je fus fait avec elles
en peu de tems , comme si elles eussent été
mes parentes ; & après m'avoir parlé long-
tems du mérite & des qualités du jeune
homme que j'allois prendre à mon service ,
je leur promis de le traiter avec beaucoup
de douceur en considération d'elle & de sa
mere. Pour lors on l'apella , & il parut devant nous. Je me sentis prévenu en sa faveur dès l'instant que je jettai les yeux sur
lui. Ses traits avoient une certaine douceur
tout-à fait engageante ; mais ce qui me
donna encore plus d'inclination pour lui ,
fut que , au sexe près, c'étoit exactement
le portrait de ma pauvre Louise ; & sa vue
produisit en moi tant de trouble , que je
fus prêt à m'évanouir. J'eus lieu de penser
qu'il aimoit aussi son Maître dès le premier
coup d'œil ; car lorsqu'il me vit dans cet
état , il devint aussi pâle que la mort, &
ses genoux tremblerent sous lui. Bon Dieu,

m'écriai-je , a-t-on jamais vu une reffemblance fi parfaite ! Sharpley, c'eft le véritable
portrait , c'eft l'image de ma chere Louife
au naturel. Je ne puis me tromper , tant il
eft gravé profondément dans mon cœur.
Hélas ! Madame, continuai-je , en m'adref-
fant à Serene , vous allez me caufer bien
du mal en me recommandant ce jeune
homme. Toutes les fois que je le regarderai ,
il rapellera dans mon ame la plus grande
perte qu'un homme ait jamais pu fouffrir.
Sharpley & les deux Dames eurent peine
à retenir leurs larmes , tant le refte de mon
difcours fut attendriffant. A l'égard d'Eftampe (c'eft le nom du jeune homme) il pleu-
ra fincérement , & cette fenfibilité ajouta
encore à ce que je fentois pour lui : & malgré le trouble que me caufoit fa vue , je
réfolus de l'emmener avec moi fur le champ.

Je lui donnai quelques inftructions fur
la maniere dont il devoit fe conduire ; &
je pris tant de bonne opinion pour lui , que
je le chargeai à l'inftant de tous mes papiers
& de tout ce que j'avois de plus précieux.
Je le fis manger à table avec moi , & le
recommandai fort à Madame Dupleffis &
à toute fa famille, pour le tems que j'a-
vois à refter à Paris ; & bientôt j'en vins
à l'aimer fi fortement , que je ne pouvois
me réfoudre à le perdre de vue. Je lui fis
donner une chambre feul , parce qu'il me
marqua beaucoup d'éloignement pour coucher avec des gens de fon fexe : en un mot, je
fis tout ce que je crus pouvoir lui faire plai-

fir. De fon côté, il me montra tout l'attachement que je pouvois souhaiter. Il prévenoit tous mes defirs par fon exactitude ; & lorfque je pleurois, fuivant ma coutume, la perte de ma chere Louife (car je ne me cachois de lui en rien) il prenoit tant de part à ma douleur, que je craignois quelquefois que fa fanté n'en fut altérée. De tems en tems il alloit voir Serene & fa mere, qui me remercioient fort des bontés que j'avois pour Eftampe, qu'elles avoient élevé, à ce qu'elles difoient, depuis fon enfance. Il étoit fort réfervé quand je le queftionnois fur lui-même & fur fa famille, & il fe contentoit de me dire que fon pere avoit été Officier dans les Gardes Suiffes ; & que comme c'étoit un homme qui faifoit beaucoup de folles dépenfes, il l'avoit laiffé en mourant, avec une fœur & fa mere, dans le plus grand befoin ; que la mere de Serene l'avoit élevé par charité, & lui avoit infpiré ces fentimens de générofité, & cette politeffe que j'aimois tant en lui ; qu'à l'égard de fa mere, elle étoit morte depuis un an, après avoir vécu jufqu'à fa mort des bontés de la même famille, & qu'il efpéroit qu'à l'avenir il fçauroit fi bien gagner mon amitié, qu'il n'auroit jamais befoin d'un autre Protecteur. Je le confirmai dans cette idée, & l'affurai que je le regardois déjà plutôt comme un frere que comme un domeftique.

Vers le même tems le Marquis de Houdancourt m'invita d'aller paffer quelques

femaines avec lui dans une Terre qu'il avoit
en Normandie , & pria Dupleffis & Baffompierre d'être de la partie. Il auroit bien
voulu déterminer auffi Sharpley à y aller ;
mais il ne put y parvenir. Sharpley étoit
trop engagé avec Serene, pour fe priver
fi-tôt de fa compagnie. Nous partîmes pour
cette Province que j'avois beaucoup d'envie de voir , parce qu'elle contient tant de
monumens de la bravoure de nos Ancê-
tres , qui y perdirent la vie par milliers ,
pour tâcher de conferver ce qu'ils poffé-
doient dans le continent. Cette Terre eft
fituée auprès d'Elbeuf , dans un pays
agréable , arrofé de la Seine , & entourée
de quantité de Châteaux. Nous y fûmes
reçus avec beaucoup de diftinction , &
tous les jours nous allions voir les villes &
les villages circonvoifins pour fatisfaire
notre curiofité , & parcourir tout ce qui
méritoit d'être remarqué. Dans un de nos
voyages en allant à Caën , le Marquis ,
Eftampe & moi , nous fumes attaqués par
trois voleurs , à la fortie d'un bois que nous
venions de paffer. Ils nous prirent au dé-
pourvu , & tirerent fur nous , mais fans
nous faire d'autre mal que d'effrayer nos
chevaux. Eftampe trembloit de toutes fes
forces ; mais le Marquis & moi ti-
râmes chacun un coup de piftolet , &
tuâmes un des voleurs , qui paya ainfi fa
témérité. Les deux autres firent feu fur
nous une feconde fois : mais les balles
nous fifflerent aux oreilles , & ne nous

firent aucun mal. Nos chevaux n'étoient
point accoutumés au feu, ainfi nous defcendîmes ; & après avoir tiré nos autres
piftolets, nous les attaquâmes l'épée à la main.
Les coquins tenoient bon ; mais la fortune
alloit fe déclarer en notre faveur, & ils ne
nous opofoient plus qu'une foible réfiftan-
ce, quand un autre voleur, attiré fans
doute par les coups de fufil, vint au fecours
de fes camarades, & m'attaquant par derriere fans que je l'euffe aperçu, il alloit me
fendre la tête, lorfque mon Page jetta un
grand cri, & s'avançant fur le nouveau
venu, lui brûla heureufement la cervelle
d'un coup de piftolet. Les autres voyant
cela, abandonnerent leurs chevaux, & fe
retirerent dans le plus épais de la forêt, où
nous ne jugeâmes pas à propos de les pourfuivre. Le pauvre Eftampe étoit couché par
terre, & je commençois à déplorer fon fort,
lorfqu'il fe releva, & me fit voir qu'il n'a-
voit eu que la peur qui l'avoit faifi, après
m'avoir délivré de la maniere que je viens
de le dire. Je ne m'attendois pas à beaucoup de courage de la part d'un garçon fi
jeune ; ainfi fans lui reprocher un manque
de cœur, & le défaut d'une vertu qui ne
s'acquiert le plus fouvent que par une longue habitude, je me crus obligé moi-même à lui marquer ma reconnoiffance par
beaucoup de careffes, & pour l'encourager, je tirai ma bourfe & lui en fis prefent.
Le Marquis voulut en faire autant ; mais
nous fûmes fort furpris de lui entendre dire :

Meffieurs, laiffez-moi le mérite de vous avoir rendu quelque fervice, & ne m'obligez point à accepter une récompenfe pour une action que mon devoir & mon intérêt demandoient de moi. Ce fut alors que je reconnus dans ce jeune homme une nobleffe de cœur digne d'un état plus relevé; mon amitié & mon eftime en acquirent de nouvelles forces; & étant remontés à cheval, nous nous rendîmes au lieu de notre deftination, & nous revînmes en bonne fanté; mais par un autre chemin. Qu'on me permette ici quelques réflexions fur ce qu'on apelle communément dans le monde courage & bravoure. Je crois que chez un petit nombre de perfonnes, c'eft une affaire de tempérament qui vient d'une qualité particuliere du fang & des efprits animaux; mais dans la plupart, cette vertu s'acquiert par l'habitude & le raifonnement qui nous fait perdre infenfiblement la crainte, que l'on peut regarder comme naturelle à l'homme. Auffi a-t-on vu un grand Général baiffer la tête à la premiere décharge qui fe fit de part & d'autre dans une action; mais à peine fut-il revenu à lui-même, & eût-il effuyé deux ou trois feux, que fa raifon l'emporta fur fon apréhenfion, & il fe précipita hardiment au milieu du fang & du carnage. Si donc le courage eft une vertu qui s'acquiert, peut-on blâmer quelqu'un d'en manquer, lorfqu'il ne s'eft pas trouvé dans l'occafion d'en acquérir, occafion qui ne regarde guere qu'une ef-

pece particuliere d'hommes, ou fi fon cœur
n'eſt pas abbreuvé des mêmes ſucs qui diſ-
-poſent les autres à la bravoure & à la valeur? Le ſoldat de Milice entend d'abord
avec frayeur le bruit des canons & la con-
fuſion de la guerre ; mais l'habitude ſur-
monte bientôt ſon averſion naturel ; il court
à la bataille affamé de gloire, & ſe trouve
de ſang froid au ſaccagement des Villes &
au pillage. Je crois qu'on peut aſſurer que
depuis le ſimple ſoldat ſans éducation, juſqu'à l'Officier qui penſe, tous ſentent au
premier choc une palpitation de cœur que
la ſuite du combat & l'exemple des autres
a bientôt ſurmonté. Quand nous eûmes
reſté quelque tems chez le Marquis, il nous
dit un matin que nous ne partirions pas ſans
lui rendre un ſervice, & qu'il ne doutoit
pas que nous ne nous y prêtaſſions volontiers, puiſqu'il étoit queſtion de ſecourir
l'innocence oprimée; & il nous expliqua
l'affaire de la maniere ſuivante.

Il y a environ trois ans que me trouvant
à Paris dans une aſſemblée publique, je
devins amoureux d'une des plus belles filles
de cette Province, qui ſe trouvoit alors à
Paris avec ſon pere, pour y ſolliciter un
emploi. Elle étoit grande, parfaitement bien
faite, & avoit la peau auſſi blanche que
l'albâtre. Son port majeſtueux inſpiroit le
reſpect, tandis que ſes beaux yeux & ſa
bonne conduite lui attiroient nombre d'a-
dorateurs. Les beautés de ſon eſprit effa-
çoient encore les graces de ſa figure. Je

fus fi frapé de fes charmes, que je m'informai des affaires qui amenoient fon pere à
la Cour; & l'occafion s'étant trouvée favorable, je lui rendis un fervice fi effentiel
auprès du Miniftre, qu'il ne put fe difpenfer de venir m'en remercier. Il m'invita de
l'aller voir chez lui; il étoit logé dans un
des plus beaux quartiers de Paris. J'en avois
peu entendu parler en Normandie, où il
paffoit pour un homme avare & vindicatif,
dont l'argent étoit le feul Dieu, & qui ne
faifoit confifter fon bonheur qu'à en amaffer. Il n'avoit que deux filles, celle que
j'avois vue apellée Marguerite, & une autre
nommée Bellimante, fort difgraciée de la
nature, & dont l'efprit étoit encore plus
mal fait que le corps; ce qui la faifoit dé-
tefter de tous ceux qui l'aprochoient : en un
mot, c'étoit l'opofé parfait de fa charmante fœur. Daulnay avoit époufé en fe-
condes nôces une femme plus jeune que
lui d'environ vingt années, femme intri-
gante & artificieufe, & qui efpéroit par
fes manœuvres, s'emparer à fa mort de
tout le bien qu'il avoit amaffé à force d'in-
juftices & de cruautés. Je parvins bientôt
à me faire aimer de Marguerite, fans qu'aucun de fa famille s'en fût aperçu. Nous nous
flattions d'un bonheur parfait, dans l'idée
que Daulnay ne refuferoit pas de me donner fa fille en mariage, d'autant mieux que
mon rang & ma fortune étoient de beaucoup fupérieurs à la fienne. Malheureufement pour nous, Madame Daulnay avoit

jetté les yeux fur moi ; & fe livrant à fa
paffion, elle me fit une déclaration d'amour
avec une impudence qui me fit rougir. Ma
furprife m'empêcha de lui répondre; enfin
je rapellai mes efprits, & lui fis une fi belle
leçon fur le devoir des gens mariés, qu'elle
jura de fe venger de moi. Le hazard voulut
qu'elle ne tarda pas à en trouver l'occafion. Je fis à Daulnay une propofition de
mariage entre fa fille aînée & moi. Madame Daulnay m'avoit prévenue, s'étoit plain-
te à lui que j'avois tenté de la fuborner,
& l'avoit prié de me défendre fa maifon :
ainfi il reçut mal ma propofition, & me
congédia pour toujours. Je lui demandai les
raifons d'une conduite fi furprenante ; il refufa de me les dire : après quoi je me levai,
& je lui dis fort en colere, (en quoi j'avoue
que je fis une impudence) que je ne cher-
chois point fon bien, & que fi fa fille y
vouloit confentir, je la délivrerois bientôt
de fon odieufe tyrannie. Sa femme, qui
fut auffi-tôt informée de l'affaire, fe per-
fuada que fi j'avois refufé fes offres, c'étoit
à caufe de l'amour que j'avois pour fa belle-
fille : car les méchans ne peuvent s'imaginer
qu'on puiffe faire une action vertueufe,
fans quelques vues d'intérêt particulier : ils
jugent toujours des autres par eux-mêmes.
C'eft pourquoi elle prit fa fille fous fa direction, & choifit fa fœur pour la fecon-
der dans cet emploi. Marguerite eut mille
mortifications à effuyer : on la gardoit de
fi près, qu'il nous étoit impoffible d'avoir

des nouvelles l'un de l'autre. Je m'y pris de toutes les façons imaginables pour lui faire tenir une lettre , mais inutilement : enfin on l'a amenée dans un Château à trois lieues d'ici , où tous les domeſtiques ſont autant d'Argus. Cependant , comme il y a maintenant un grand nombre d'ouvriers qui travaillent dans cette maiſon , je me ſuis déguiſé hier en Manœuvre , & je lui ai remis en main propre une lettre , par laquelle je l'avertis de ſe tenir prête demain à ſix heures du ſoir dans le parc où ſa mere lui permet quelquefois d'aller promener avec elle & ſa ſœur. Si vous y conſentez , je me flatte avec votre ſecours , de pouvoir la délivrer des mains de ſes tyrans , & l'épouſer ; car je me ſuis muni de toutes les diſpenſes néceſſaires. Nous conſentîmes à l'accompagner ; nous nous rendîmes au lieu marqué , bien armés ; un moment après nous vîmes paroître la belle Marguerite , accompagnée de ſes deux bourreaux , qui lui faiſoient toutes ſortes de mauvais traitemens; tandis qu'elle , ſentant aprocher le moment de ſa délivrance , avoit une contenance dans laquelle ſa joie ſembloit ſe cacher ſous le maſque de la triſteſſe. Quand ils furent proche de nous , le Marquis ſortit de l'embuſcade , & s'avançant vers ſa Maîtreſſe en lui faiſant un ſalut , il la prit par la main pour la faire ſortir. Madame Daulnay s'y opoſa , & lui demanda ce qu'il vouloit. Il lui répondit : c'eſt pour une affaire que Dieu & la nature aprouveront , & bien

différente

différente de ce que vous m'avez une fois
propofé. A cette réponfe, elle entra dans
une colere terrible, & dit à Bellimante
d'aller chercher tous fes gens pour empêcher cet enlévement. Notre ami perfifta
dans fon deffein, emmena la Demoiselle;
& l'ayant fait monter dans un caroffe qui
étoit tout prêt, nous la conduisîmes fans
obftacle jufqu'à fon Château, où fa fœur
& d'autres Dames étoient affemblées pour
la recevoir. De-là nous les accompagnâmes à Evreux, où ils furent mariés felon
leurs defirs. Le lendemain nous allâmes
avec lui rendre vifite à fon beau-pere, qui
le reçut très-froidement d'abord ; mais
quand le Marquis lui eut déclaré qu'il ne
lui demandoit rien, & qu'il efpéroit feulement qu'à fa mort il rendroit juftice à fa
fille, la férénité reparut fur fon vifage ; il
en vint même jufqu'à lui remettre toutes
fes hardes, & promit que s'il fe condui-
foit bien avec lui, il lui rendroit en mourant, toute la juftice qu'elle pouvoit exiger.

IV. Partie. B

CHAPITRE LVII.

Il revient à Paris. On propose un mariage à Thompson. Conduite d'Eftampe dans cette occafion. Il lui demande une grace. Incendie terrible dans la maifon de M. Dupleffis. Il va trouver Serene. Voit chez elle la fœur d'Eftampe. Reconnoiffance tendre. Joie de Sharpley & de toute la compagnie.

QUélques jours après que les nôces du Marquis furent célébrées, nous prîmes congé de ce couple heureux, qui nous vit partir avec regret ; & nous retournâmes à Paris, où j'envoyai auffi-tôt Eftampe avertir Sharpley de notre arrivée. Il le trouva chez Serene. Mon ami vint auffi-tôt, ou plutôt accourut dans mes bras, & me marqua toute la joie que fon cœur reffentoit. De mon côté, je fus également charmé de revoir ce digne ami, & de la nouvelle qu'il m'apprit, que la mere de Serene confentoit enfin à couronner fes vœux & ceux de fa fille ; qu'elle retourneroit en Angleterre, & combleroit le bonheur de ces deux amans. C'eft pourquoi Sharpley me preffa avec inftance d'abréger notre féjour en France, autant qu'il me feroit poffible. Je l'affurai que j'aurois bientôt pris ma réfolution ; mais que quelques defirs que j'euffe de re-

tourner en Angleterre, je redoutois cet
inftant. Comme le chagrin augmente par la
comparaifon que l'on en fait avec le bonheur des autres, la félicité du Marquis &
de fa femme, dont j'avois été témoin, &
celle que je remarquois maintenant en mon
ami, rapellèrent dans mon cœur une foule
d'idées triftes & douloureufes, & je me
livrai à tous les mouvemens que le défefpoir m'infpiroit. En vain Eftampe mît en
œuvre tous les artifices qu'il put imaginer
pour me calmer; il me fembloit que tout
le monde étoit heureux excepté moi; je
trouvois dans la perte irréparable de ma
chère Louife toute l'affliction qu'un cœur
puiffe reffentir. Serene & fa mere, qui me
prierent en même-tems de leur tenir compagnie, augmenterent encore ma peine en
m'introduifant chez une femme de condition qui avoit pris du goût pour moi, & qui
les avoit priées de me faire entrevoir que
ma recherche lui feroit agréable, & que fi
j'étois d'humeur de l'époufer, elle feroit
paffer à moi & à mes héritiers toute fa fortune qui étoit immenfe. Elle étoit jeune,
belle & riche. Les deux Dames employe-
rent, ou firent femblant d'employer tout
leur pouvoir pour m'engager à lui rendre
une vifite. Je les refufai opiniâtrément, &
je déclarai nettement que fi elles me pref-
foient encore, je prendrois la réfolution de
ne plus les voir, tant qu'elles demeure-
roient en France. Sharpley fe joignit à moi,
& on ne m'en parla plus; mais Eftampe

m'exaltoit perpétuellement le mérite de la
Comtesse, & ne cessoit de me représenter
doucement que mes larmes & mes regrets
pour la perte de ma Louise, étoient inuti-
les, puisque ce malheur étoit sans remede ;
que j'étois dans la fleur de ma jeunesse ;
que je me devois à mes amis & à ma Patrie, & que ma résolution & ma façon de
vivre tendoient à me mettre hors d'état de
remplir ces devoirs. Il se jetta à mes pieds,
& me demanda comme par grace, d'oublier mes chagrins, & de prêter l'oreille
aux idées flatteuses de la fortune qui s'of-
froit à moi. Je me levai en fureur, & le
repoussant rudement, je lui criai : êtes vous
donc si peu instruit de mes résolutions, que
d'oser me tenir de semblables discours,
vous qui êtes l'image de mon adorable Louise, & que j'ai choisi par cette raison pour
mon compagnon & mon ami ? Sortez de
ma présence, & que je ne vous revoie jamais. Non, continuai-je, en répandant un
torrent de larmes, jamais je ne violerai les
vœux de constance & de fidélité éternelle
que j'ai faits à ma chere Louise ; la mort
même & le tombeau n'auront pas le pouvoir de les rompre. Je les ai faits à la face
du ciel ; je les renouvellerai dans le Ciel,
& ma chere Louise sera toujours à moi.
Cette bague, ce gage sacré de l'amour de
ma chere Louise ; ce portrait frapant, qui
semble sourire & aprouver ma constance,
je le porterai toujours sur mon cœur ; &
quand les ombres de la mort obscurciront

mes yeux, ma derniere priere fera qu'on puiſſe enterrer avec moi ces marques de mon amour. Le pauvre garçon reſta tout tremblant & fondoit en larmes, lorſque je faiſois ces exclamations. Il me ſembloit pourtant voir en même-tems dans ſes yeux une eſpece de ſatisfaction que je ne pouvois expliquer. Il ſe jettoit à mes genoux qu'il embraſſoit ; me demandoit pardon d'une témérité qui ne venoit que de ſon affection, & de l'eſpérance de me voir guéri d'un chagrin qui prenoit tant ſur moi. Mais, Monſieur, continua-t-il, je ne riſquerai plus, comme j'ai fait, d'encourir votre indignation ; le reſſouvenir ſeul m'en fait trembler. Je le relevai, & lui dis que je lui pardonnois ; mais que ſi le plus cher ami que j'euſſe dans le monde, entreprenoit de changer la réſolution que j'avois priſe de vivre & mourir toujours le même, je ceſſerois de le voir & de lui parler de mes jours. Eſtampe leva les yeux vers le Ciel ; ſon cœur étoit ſi rempli, qu'il fut obligé de ſortir de l'apartement pour donner un libre cours à ſes ſentimens. Je lui déclarai après cela que je n'aurois plus tant d'égards pour Serene & ſa mere que j'en avois eu juſques-là, & que je n'irois plus chez elles. Je leur en fis faire mes excuſes, en les aſſurant que ce n'étoit ni faute d'affection pour mon ami, ni défaut d'égards pour elles.

Un jour que j'étois occupé à contempler les traits de ma chere Louiſe, dans le portrait fidéle que je portois toujours ſur moi,

Eſtampe me dit qu'il avoit une ſœur à qui
ce portrait reſſembloit tant , que ſi jamais
je la voyois , je ne pourrois y trouver aucune différence. Je lui fis mille queſtions
ſur cette ſœur , & lui demandai pourquoi
elle n'étoit jamais venue le voir depuis qu'il
étoit à mon ſervice. Il me répondit que par
la protection de Serene , elle étoit au ſervice d'une Princeſſe , qui l'avoit tellement
priſe en amitié , que dès le commencement
elle l'avoit toujours gardée auprès d'elle ;
mais que depuis , ſon affection croiſſant encore par la connoiſſance de ſes bonnes qualités , elle en avoit fait ſa compagne & ſa
confidente , & en étoit ſi jalouſe , qu'elle
ne la laiſſoit ſortir que rarement ; que cette
ſœur ne venoit voir Serene & ſa mere que de
loin en loin ; qu'il ne l'avoit pu voir que
deux fois depuis qu'il étoit à moi ; mais
qu'elle avoit promis de venir voir ces Dames dans un ou deux jours ; qu'ainſi il me
prioit de lui permettre de l'informer exactement du tems qu'elle y viendroit , & de
m'y trouver par hazard , pour voir ſi ce
qu'il me diſoit de ſa reſſemblance avec ma
chere Louiſe étoit juſte. En effet , Monſieur , continua-t-il , ſans la flatter , elle
aproche tant de la beauté de celle dont vous
pleurez la perte , que je ne doute point que
ſa vue ne vous donne de la ſatisfaction ;
peut-être même contribuera-t-elle pour
quelques inſtans à effacer le chagrin & le
déſeſpoir qui vous poſſédent.

Je fus charmé de voir le zèle de ce digne

jeune homme , qui cherchoit continuellement les moyens de détourner mon attention du fujet de mes peines ; mais je refufai abfolument cette vifite , & lui dis que
je fouffrois affez de voir tous les jours fes
traits qui aprochoient tant de la reffemblance de ma Maîtreffe , & qu'à coup fûr je ne
pourrois pas fuporter la vue d'un objet encore plus reffemblant. Il infifta encore avec
tant d'importunité , que j'en fus furpris. Il
me demanda par grace de vouloir bien voir
fa fœur ; qu'affurément fa vue me feroit
plus de bien que je ne pouvois imaginer.
Je lui dis que ce difcours étoit une énigme ,
à laquelle je ne comprenois rien. Je le me-
naçai que fi jamais je le trouvois capable
de fe prêter à quelques fupercheries pour
m'engager à faire quelque chofe de contraire à mon honneur , & aux réfolutions
que j'avois prifes , je ne pourrois m'empêcher de le traiter comme il le méritoit , &
de le mettre dehors. Voyez-vous , lui dis-
je , quand une fois un domeftique fe croit
en état d'en impofer à fon Maître , il ne
s'en tient jamais à des fautes legéres ; il
pourfuit fes deffeins jufqu'à ce qu'enfin il
fe perd totalement ; ainfi fi vous voulez
conferver la bonne opinion que j'ai de
vous , prenez garde qu'il vous arrive rien
de pareil , quand même vous croiriez que
ce feroit pour mon intérêt & mon repos.
Le pauvre Eftampe fut très-mortifié de
cette remontrance , & il fe préparoit à me
répondre , lorfque Sharpley entra avec Se-

rene , qui venoient me rendre visite. Je les
reçus du même air que j'avois coutume.
Après quelques momens de conversation ,
Serene me dit qu'elle me prioit en grace
de venir le lendemain dîner avec eux ; je
leur promis , à condition qu'il n'y auroit
point d'autres personnes qu'eux & sa mere.
Elle m'avoua franchement qu'il devoit s'y
trouver une Angloise , dont elle vouloit
me procurer la connoissance , qui avoit été
aussi malheureuse que moi en amour , &
qui , comme moi , avoit formé la résolution
de ne plus penser au mariage. Monsieur
Thompson , ajouta-t-elle , cette Dame ne
vous paroîtra point desagréable , & ne vous
fera point parler plus que vous ne voudrez ,
comme nos femmelettes. Allons , Monsieur ,
me dit-elle , en me passant un bras sur l'é-
paule , vous ne me refuserez point cette
grace ; je vous assure que ce sera la seule
de cette espece que j'exigerai de vous , à
moins que vous ne me le permettiez. Mon
ami joignit ses instances à celles de sa chere
Serene , & il ne me fut pas possible de
résister davantage. Quand ils furent partis ,
Estampe me dit qu'il étoit charmé que j'eusse
donné ma parole , & qu'il étoit certain
que cela dissiperoit ma mélancolie , parce
que depuis quelque tems je ne m'étois point
trouvé en compagnie. Monsieur , ajouta-
t-il , cette Dame Angloise dont Miss Serene
vous a parlé , est cette même sœur que je
vous avois proposée de voir ; c'est pour
badiner qu'ils lui ont donné ce titre ; mais
il

Il eſt vrai qu'elle a été auſſi malheureuſe
que vous. Je l'arrêtai à cet endroit. Quelque fâché que je fuſſe, il n'étoit plus tems
de m'en dédire. J'apercevois dans cette
aventure une eſpece de complot dont je
ne pouvois deviner le but. Je ne ſçais ſi je
me ſerois acquitté de ma parole en faiſant
cette viſite. La nuit ſuivante, le feu qui
prit ſubitement à la maiſon de M. Dupleſſis, fit un ravage épouvantable. Paris n'eſt
point pourvu, comme Londres, d'aqué-
ducs propres dans de pareils accidens; auſſi
le feu ne laiſſa pas que de faire du progrès
avant qu'on pût venir à bout de l'éteindre.
Mes équipages étoient ſi peu conſidérables, qu'on les eut bientôt mis en ſûreté;
mais le pauvre M. Dupleſſis perdit beaucoup. Sharpley & moi en fûmes au déſeſpoir, & nous prîmes la réſolution de l'aider
en quelque ſorte à réparer ſa perte. Le feu
avoit commencé entre onze heures & mi-
nuit; tout le monde étoit couché, & j'é-
tois moi-même enſéveli dans un profond
ſommeil, quand les flammes gagnerent l'eſ-
calier qui conduiſoit à mon apartement, à
celui d'Eſtampe & de quelques autres. Ce
fut Eſtampe lui-même qui vint m'en donner la premiere nouvelle. Il accourut en
tremblant auprès de mon lit, & me pria
pour l'amour de Dieu, de m'éveiller & de
me lever, ſi je ne voulois être brûlé dans
mon lit. Il avoit eu le tems lui-même de
s'habiller; ainſi il travailla à ſerrer tout ce
que nous avions. A peine avois-je eu le

IV. Partie.   G

tems de prendre mon habit , que la porte
de ma chambre étoit en feu ; de forte que
nous fûmes obligés de lier enfemble les
draps de mon lit ; & comme c'étoit au premier étage , j'ordonnai à Eftampe de def-
cendre le premier par la fenêtre ; ce qu'il
ne voulut pas faire : ainfi , pour ne pas
perdre le tems inutilement , je defcendis
le premier , & il me fuivit. Un Seigneur
qui logeoit vis-à-vis la maifon , invita Dupleffis , moi & tous les domeftiques , de
profiter des commodités qu'il pourroit nous
fournir , jufqu'à ce que nous puffions nous
arranger autrement. Il n'étoit pas poffible
de fe refufer à une invitation auffi polie ;
auffi l'acceptâmes-nous. Pour M. Sharpley,
il avoit quitté Dupleffis , & étoit allé fe
loger du côté de Saint Cloud , afin d'être
plus près de fa Maîtreffe ; de forte qu'il ne
fut point impliqué dans ce malheur ; il ne
le fut même que le lendemain matin. Il vint
nous voir à ce fujet , & fut charmé d'a-
prendre que perfonne n'avoit eu de mal ,
& que nous étions tous échapés aux flammes. Le pauvre Eftampe me dit en m'ai-
dant à m'habiller : cet accident , Monfieur,
me rapelle le fervice que vous rendîtes autrefois à Miff Louife , quand vous la fauvâtes
du feu chez fon pere ; & quoiqu'il n'y ait
entr'elle & moi qu'une fimple reffemblance,
j'ai été affez heureux de faire pour vous ,
fous cette même reffemblance, ce que vous
fîtes pour elle. Je pouffai un foupir , & lui
dis que jamais je n'oublierois ce fervice ,

ui ajoutoit encore aux fentimens d'eftime
ue j'avois pris pour lui.

Quand nous fûmes habillés , je partis feul
our Saint Cloud ; car Eftampe m'avoit
rié de le difpenfer d'aller avec moi, fous
rétexte que le faififfement de la nuit der-
iere lui avoit laiffé un grand mal de tête.
les trois amis me reçurent avec de grands
émoignages d'affection. Nous allâmes ,
vant de dîner , nous promener au jardin ,

vifitâmes un cabinet de livres peu nom-
reux , mais bien choifis ; ce qui augmenta
ncore l'idée que j'avois du goût exquis &
u bon fens de ces amis : en un mot , je
e trouvois rien dans Serene qui ne me
onnât lieu de féliciter Sharpley de fon
hoix.

Le dîner étant prêt , nous paffâmes dans
ne falle où la table fut fervie d'une ma-
iere bien délicate. La mere & la fille me
rent des excufes de ce que la Dame en
ueftion n'étoit point arrivée , & me dirent
u'elle ne devoit venir qu'après le dîner ;
ais qu'elle n'y manqueroit pas. Je ne pus
'empêcher d'apercevoir dans les regards
e Madame Rich une agitation qui ne lui
toit pas ordinaire. Après le dîner , elles
ous quitterent pour quelques momens. Je
s part de ma remarque à M. Sharpley ,
ui me dit qu'il avoit fait les mêmes ob-
rvations , mais qu'il en ignoroit abfolu-
nent la caufe. Elles revinrent nous faire
ompagnie , & au bout d'un quart-d'heure
n domeftique vint annoncer qu'il y avoit

un caroffe à la porte. Madame Rich fe levz
pour aller recevoir cette Dame , car on fu
pofa que c'étoit elle , & revint auffi-tôt er
lui donnant la main. Lorfqu'elle entra &
qu'elle falua la compagnie , j'aperçus , quoi
que je jettaffe à peine les yeux fur elle
qu'elle étoit extrêmement jolie , & d
moyenne taille. Elle fe plaignit d'un gran
mal de dents ; & fous ce prétexte , ell
tenoit un mouchoir , dont elle fe cachoi
tout le bas du vifage ; mais le peu que j'e
vis , après l'avoir examinée plus attentive
ment , me la fit trouver charmante ,
fuffifoit déjà pour me rapeller l'idée de m
chere Louife. On parla quelque tems d
chofes indifférentes ; & la Dame vis-à-vi
de qui j'étois affis , ayant laiffé tomber fo
éventail , je courus le ramaffer , & le lu
prefentant , je vis alors pleinement tout fo
vifage. J'en fus frapé comme d'un coup d
foudre ; fa vue me rapella toutes les beau
tés de ma chere Louife. Elle reçut fon éve
tail en fouriant , & me falua d'un mouve
ment de tête. Je ne pus m'empêcher d
jetter un cri , & à l'inftant je tombai év
noui à fes pieds. On fut long-tems à m
rapeller à moi-même ; & quand je fort
de cet évanouiffement , je tenois des di
cours fi ridicules & fi peu fuivis , que l'o
apréhenda que ma tête n'en fût totaleme
dérangée. On me mit au lit , où il me pr
une fievre violente avec un tranfport a
cerveau. J'apellois perpétuellement ma cher
Louife , & je la voyois à côté de mo

fondante en larmes. Je m'écriai alors : le
alheur me poursuivra-t-il toujours ? Pourquoi faut-il que je fois perpétuellement tourmenté par l'image de ce qui n'exifte plus? Cet
aimable fantôme penchant fes joues fur les
miennes, & les mouillant de fes larmes, s'é-
cria : mon cher Thompfon, après vous avoir
perdu fi long-tems, que je me veux de mal de
vous avoir mis dans cet état en vous prefentant votre Louife avec fi peu de précaution ! Cependant vous voyez que c'eft
elle ; c'eft elle-même qui n'a été confervée
que pour vivre heureufe avec fom cher
hompfon, dont elle a long-tems pleuré
mort, & qui lui a coûté plus de dix ans
de foupirs & de larmes. Regardez-moi ;
vous dis la vérité ; & apuyant doucement fes levres fur les miennes : ne recon-
oiffez-vous point Eftampe dans votre che-
e Louife ! Ce baifer me rapella à la vie ;
ependant il me reftoit une efpece d'infen-
bilité & d'étonnement qui me faifoit re-
arder autour de moi, comme fi j'avois
outé de ma propre exiftence. Enfin la fer-
ant dans mes bras, je la preffai contre mon
in, & j'imprimai fur fes joues des bai-
ers pleins d'attendriffement & d'amour,
ille charmante ! m'écriai-je, ce moment
épare tous mes malheurs, & me paie avec
ufure des maux fans nombre que ta perte
m'a faits. Ta mort avoit caufé la mienne ;
car depuis ce moment, je ne puis pas dire
avoir vécu. Je n'ai fait que promener parut mes chagrins & mon défefpoir, mais

G 3

par quel miracle, quand & comment avez-
vous été confervée & rendue à mes ardens
defirs ? Vous fçaurez tout cela, mon cher
Thompfon, me répondit-elle ; je vous ap-
prendrai comment j'ai vécu ici bien des
années, inconnue & uniquement occupée à pleurer votre perte. Mais calmez-
vous, & apaifez les agitations de votre
ame ; prenez un peu de repos ; je vais de
mon côté me retirer, & me remettre de
mon trouble. Je ne pus ni ne voulus me
féparer d'elle ; elle confentit avec bonté à
refter auprès de mon lit, jufqu'à ce que
je fuffe affez remis pour me lever, & aller
jouir de la converfation. Il me prit enfin
un fommeil doux qui dura près d'une heure. En me réveillant, je jettai les yeux fur
cette charmante fille ; je la vis affife vis-à-
vis de moi, en attendant mon réveil. Elle
me prit alors la main, & me demanda fi
j'étois en état de me lever ; & lui ayant
répondu que je croyois pouvoir maintenant
aller trouver la compagnie, elle me quitta.
Peu de tems après je defcendis dans la
falle, où je trouvai ma chere Louife,
mes autres amis qui me féliciterent de mon
bonheur. Sharpley me ferrant dans fes bras,
me jura qu'il ne manquoit plus rien à fa
félicité. Mais, Madame, dit-il, en fe tournant vers Serene, comment avez-vous pu
être affez cruelle pour me cacher ce fecret ?
Pourquoi ne m'avez-vous pas mis de moitié dans ce complot ? Monfieur, répondit
la vieille Dame, nous connoiffions trop vo-

tre attachement pour votre ami ; nous avons
bien senti que vous ne pourriez pas lui en
faire un mystere ; c'est pourquoi nous avons
résolu de vous le cacher à vous-même. Il
s'avança vers Miss Louise , & la saluant
avec la politesse & ce respect qu'inspire toujours sa presence , il lui dit que s'il l'eût connue plutôt , il eût recommandé Miss Rich
à son ami , sur un tout autre pied que celui de Page. A quoi elle repliqua qu'elle
seroit toujours charmée de le servir dans
cette qualité , & dans toute autre qui pourroit lui faire plus de plaisir. Je lui répondis
qu'elle pourroit toujours me commander ,
& que j'avois été trop long-tems livré à
moi-même , pour ne pas sentir le besoin
que j'avois d'être gouverné. Eh bien , ma
niece , dit sa tante , vous êtes sûre maintenant de la constance de votre amant ; vous
l'avez assez éprouvé ; & je crois que lui-
même n'est point fâché d'avoir vu la sœur
d'Estampe. Cette bonne Dame , dont j'ad-
mirois le sens exquis & le bon naturel ,
ainsi que son aimable fille , nous firent mille
caresses , & nous passâmes le reste de la
journée dans la joie. Pour moi , si j'ai quelqu'idée de la félicité que l'on goûte dans
le Ciel , elle ne me vient que de la véritable satisfaction que je sentis en recouvrant
la société charmante de mon Ange , qui
paroissoit aussi contente que moi-même.
La bienséance nous obligeant de partir , je
pris congé de ces Dames avec le plus grand
regret , & je me rendis avec Sharpley chez
lui.   G 4

CHAPITRE LVIII.

Aventure de Miss Louise Rich.

LE lendemain nous nous levâmes mon ami & moi dès le point du jour. Les amans ne dorment pas trop. Nous avions assez de tendresse & d'amour pour nous occuper la plus grande partie de la nuit à parler ensemble de notre bonheur. La pensée que nous allions devenir proche parens, nous fit un plaisir qui ne peut être senti que par ceux qui connoissent & qui ont éprouvé toutes les délicatesses de l'amitié. Nous nous embrassions l'un l'autre ; nous nous félicitions, & nous faisions réciproquement l'éloge de nos Maîtresses. Pour moi, je ne sentis plus cette tristesse & cette mélancolie profonde qui affligeoit mon ame tous les matins ; mais j'étois alors le gai, le satisfait Thompson, tel que j'avois accoutumé de l'être avant mes malheurs. Bannissons, m'écriai-je, chassons toute idée de tristesse & de désespoir, puisque ma chere Louise vit encore, & qu'elle doit enfin être à moi.

Les Dames n'étoient point encore levées, lorsque nous arrivâmes. Nous allâmes nous promener dans le jardin, en attendant qu'il fût jour chez elles. Elles y vinrent bientôt elles-mêmes, & nous emmenerent déjeu-

ner. Leur préfence nous caufoit à tous les
deux les tranfports les plus vifs. Alors, pour
encourager ma chere Louife à nous raconter la maniere miraculeufe (car c'eft ainfi
que je m'exprimois) dont elle fortit d'Angleterre, je lui fis moi-même le recit de
tout ce qui m'étoit arrivé depuis l'inftant
fatal de notre féparation jufqu'alors. Les
actions indignes de l'Ecuyer leur tirerent
des larmes, & elles ne purent s'empêcher
de fouhaiter qu'il reçut la punition de tous
fes crimes. Mon aimable Maîtreffe rougif-
foit & pâliffoit tour à tour, au recit des
différens accidens qui m'étoient arrivés ;
fouvent elle fut fur le point de s'évanouir,
en aprenant les maux cruels que j'avois fouf-
ferts. L'hiftoire de mes chagrins & de mon
défefpoir continuel, occafionnés par la perte que j'avois faite, arracha des larmes à
tous ceux qui m'entendoient, & ils prirent
part fincérement à mes peines. La prefence du cher objet qui avoit été la principale
caufe de toutes ces aventures, donna tant
de vivacité à mon difcours, qu'il fembloit
que je fuffe infpiré. Je peignis tout ce que
je leur difois avec des couleurs fi fortes,
que je ne pus moi-même m'empêcher de
pleurer, en faifant ce recit. Je m'écriai, fi-
tôt que j'eus fini : ô vous qui êtes la joie
de mon cœur, vos aventures doivent être
auffi extraordinaires que les miennes ; obli-
gez-moi de m'en faire le détail : aprenez-
moi comment vous avez pu vous réfoudre
à paffer pour morte, & les motifs de tout

ce que vous avez fait depuis. Elle confentit à ce que je defirois, & commença fon hiftoire de la maniere fuivante.

Vous m'excuferez fi je ne m'exprime pas d'une maniere auffi pathétique que l'a fait mon cher Thompfon. Quoique nous autres femmes ayons l'ame beaucoup plus fenfible que les hommes , nous n'avons pas comme eux ce feu & cette éloquence nerveufe qui regne dans leurs defcriptions : nous fentons plus peut-être , mais fans pouvoir rendre fi-bien ce qui fe paffe dans nos cœurs. Notre fexe moins familiarifé avec les accidens , en eft tellement anéanti, lorfqu'ils arrivent , qu'il ne lui refte plus de termes pour les bien exprimer. Je fuis donc d'autant plus excufable, que j'ai même de la peine à me rapeller dans cet inftant tout ce que j'ai fouffert de maux. La prefence de mon cher Thompfon a porté tant de joie dans mon cœur , que toute entiere à la fatisfaction que j'ai de le voir, j'oublie prefque tous les accidens qui ont fait couler mes larmes pendant tant d'années.

On auroit peine à croire combien je fus fenfible à la perte de Fidelle ma confidente, que l'on m'ôta brufquement ; mais ma douleur ne fit qu'augmenter, lorfque je vis entrer dans ma chambre mon pere , écumant de rage, qui, après les plus fanglans reproches, eut peine à s'empêcher de me fraper, & de me punir comme je le méritois, difoit-il, pour ma défobéiffance, & l'amour auquel j'avois eu la hardieffe de me livrer

fans fon confentement. Il m'enferma dans
ma chambre, en prit la clef, & me dit en
partant, qu'il alloit bientôt m'éloigner pour
toujours du malheureux objet en qui j'avois
placé ma tendreffe. En effet, il fit préparer
un caroffe à fix chevaux; & accompagné
par fes gens bien armés, il vint me tirer
quelque tems après de ma prifon, & me
fit monter avec lui & mon indigne coufin,
ou plutôt ils me traînerent dans ce caroffe.
Je n'eus que le tems de charger un des domeftiques qui m'étoit attaché, de vous porter le petit billet dont vous avez parlé dans
votre hiftoire. Je ne vous l'écrivis que pour
empêcher ces écarts que je fentois bien que
la colere vous feroit faire, fi vous ignoriez
ce que je ferois devenue. Je voulois en
même-tems vous affurer de ma conftance.
Je ne fçus que par quelques mots que mon
coufin avoit dit à mon pere en ma prefence, fans y penfer, le lieu où on m'alloit
mener. J'étois feule dans le caroffe, &
n'étois occupée que des idées défefpérantes
qui accabloient mon cœur. Cependant on
me fit voyager fort vîte, de crainte que
vous n'euffiez quelque connoiffance du chemin que nous avions pris, & que vous ne
puffiez nous fuivre. Mon pere difoit fouvent à l'Ecuyer: le drôle eft brave; ce jeune
Diaper fon ami & lui, mettront tout en
ufage pour s'obliger l'un l'autre; & comme
je ne me foucie point de rifquer une affaire
fâcheufe, il faut, autant que nous pourrons,
les dépayfer, & tenir notre route fecrette;

car ils feront fi défefperés, que s'ils vien⌐
nent à nous fuivre, il faudra néceffaire⌐
ment nous en défaire. Quand nous eûmes
fait quelques milles, l'Ecuyer fe fouvenant
qu'il avoit oublié quelque chofe, retourna
fur fes pas avec deux domeftiques ; car, à
ce que j'ai apris depuis, il ne voulut point
aller feul, de crainte de vous rencontrer ;
& j'ai fouvent entendu Sir Walter lui reprocher fa lâcheté dans cette occafion : ainfi
nous continuâmes notre route fous l'efcorte
de mon pere. Je me flattai que quand nous
ferions arrivés à la couchée, je pourrois
l'adoucir en l'abfence de ce malheureux qui
avoit empoifonné toutes mes efpérances.
Nous arrivâmes fort tard dans une Ville où,
après avoir foupé, mon pere m'ordonna
de lui tenir compagnie, & de n'aller coucher que quand il iroit lui-même. Je lui
répondis du ton le plus affectueux, que je
me plaifois beaucoup plus avec lui qu'avec
tout autre, & que ma conduite avoit dû
lui perfuader que je n'étois jamais plus fatisfaite que quand il me faifoit l'honneur
de me garder près de lui. Me parlez-vous
vrai, Louife ? me dit-il : eh bien, fi cela
eft, verfez-moi à boire ; j'oublierai tout,
fi vous oubliez vous-même votre petit Mer-
cier, & fi vous voulez vous rendre à mes
volontés. Je courus à lui, & l'embraffant, je
lui dis les larmes aux yeux, je vous avoue que
j'ai trouvé dans M. Thompfon beaucoup de
bonnes qualités ; je n'ai pu m'empêcher d'en
être touchée ; mais, mon cher pere, quelle

néceſſité y a-t-il de me renfermer ? Ma ſin-
cérité vous eſt aſſez connue, puiſque je ne
vous ai point caché mon affection pour lui :
je vous ai promis, & vous ſçavez que mes
promeſſes ſont ſacrées pour moi ; je vous
ai promis, dis-je, de ne jamais le regarder
autrement que comme un ami & une connoiſſance, à moins que vous ne me le permettiez : pourquoi donc, Monſieur, va-t-on
m'éloigner de vous, & mettre une diſtance
ſi longue entre moi & un pere dont j'avois
coutume d'être la ſeule conſolation, uniquement pour avoir marqué du goût pour
un homme qu'il a tant eſtimé lui-même,
& dont je n'aurois jamais fait la connoiſſance
ſans lui ? Ne m'avez-vous pas dit, Monſieur, que c'eût été le ſeul homme ſur qui
vous euſſiez porté vos vues, s'il eût eu une
fortune ſuffiſante, & que vous euſſiez dé-
ſiré qu'il fût d'une naiſſance proportionnée
à la nôtre ? Ah ! Monſieur, on ſçait que
ſa maiſon eſt preſque auſſi ancienne que la
nôtre ; d'ailleurs, en ſupoſant même qu'il
manquât de ce côté, permettez-moi de vous
répéter un paſſage que vous m'avez ſouvent fait lire, & qui étoit ſi fort de votre
goût.

,, Examinons les reſſorts ſecrets, & re-
,, montons juſqu'aux principes des choſes,
,, nous trouverons qu'au commencement
,, du monde les hommes furent tous com-
,, poſés de la même matiere ; le même
,, ſang circuloit dans leurs veines. Le Créa-
,, teur donnant la vie à cette matiere, a

,, formé les ames de la même trempe ; l'en-
,, tendement & la volonté leur furent ac-
,, cordés à toutes, & elles eurent en par-
,, tage une égale liberté de choisir entre
,, le bien & le mal. Ainsi nés tous égaux,
,, la vertu seule établit des différences entre
,, un homme & un autre. On ne reclamoit
,, point alors la noblesse du sang ; mais ce
,, qui rendoit un homme bon, lui donnoit
,, aussi la noblesse. Echauffé par un plus
,, grand nombre de particules de la flamme
,, céleste, celui-ci prenoit son essor & s'ac-
,, quéroit un nom , tandis que les autres
,, demeuroient au - dessous & confondus
,, dans la foule. «

Dites-moi donc , mon cher pere , comment ai-je pu vous offenser en prenant les
mêmes sentimens que vous , & en reconnoissant le mérite que vous m'avez apris
vous - même à distinguer & à admirer ?
D'ailleurs, Monsieur, vous dites, & vous
ne cessez pas de me le répéter, qu'un ingrat
est un monstre : or je vous le demande à
vous-même ; cet aimable jeune homme ne
m'a-t-il pas sauvé la vie, en me secourant
dans les dangers les plus pressans ? Puis-je
donc me refuser à la reconnoissance pour
mon libérateur ? Ici mon pere s'attendrit,
& après un court silence : que venez-vous
me chanter, dit-il, un galimathias de mérite, de gratitude auxquels ni moi ni personne ne peut rien entendre ? Eh bien oui,
je vous ai dit qu'il étoit bon d'être reconnoissant ; mais ai-je pu penser que vous dus-

fiez un jour vous fervir de ce raifonnement
contre votre pere ? J'ai beaucoup d'égards
pour le vieux Thompfon & fa femme, &
j'avoue même que j'ai aimé le fils, jufqu'au
moment que j'ai découvert fes deffeins fur
ma fille. Dès votre plus tendre jeuneffe,
je vous ai deftiné pour votre coufin, & il
faut que cela foit. Penfez-vous donc qu'un
revenu auffi confidérable foit jamais le partage du fils d'un Miniftre, d'un Commerçant de Londres ? Non, non ; s'il eût eu
des vues fur votre femme de chambre, j'aurois pu y confentir, & j'aurois peut-être
fait quelque chofe de mieux. Il eft vrai que
fi mon neveu étoit auffi avancé que lui, il
n'en vaudroit que mieux. Thompfon d'ailleurs eft hérétique, ainfi que toute fa famille, quoique je ne l'en eftime pas moins
pour cela. Je ne condamne perfonne, &
ce qui me plairoit en lui, c'eft que le drôle
boit auffi fec qu'un autre. Je l'interrompis
ici, & lui dis : s'il ne jouit pas maintenant d'une grande fortune, il pourroit par
votre moyen l'augmenter en peu de tems.
Un homme qui poffède autant de talens
que vous lui en connoiffez, ne feroit-il pas
pour vous un meilleur gendre qu'un autre,
qui n'a ni affez de jugement, ni affez de
conduite pour conferver les biens qu'il a ?
Taifez-vous, me repliqua-t-il, ma réfolution eft prife ; vous épouferez votre coufin,
ou vous n'en aurez point d'autre. Je ne
voulus pas lui en dire davantage, voyant
qu'il battoit ainfi la campagne. Il s'endormit

bientôt , & fe mit à ronfler avec tant de force, qu'un chien qui étoit alors fous la table , lui fauta tout d'un coup aux jambes & le mordit. La douleur le réveilla , & re- gardant autour de lui, il m'aperçut toute en larmes. Il me demanda pourquoi je pleu- rois , & ce que j'avois. Monfieur, lui ré- pondis-je , je ne fuis point accoutumée à être debout à pareille heure , & j'appréhen- de qu'après une fi longue fatigue , la fanté de mon cher pere n'en fouffre ou la mien- ne. Va, tu es une bonne fille , me dit-il , & je te demande excufe. Puis fonnant l'hôtefle , il la fit monter , lui ordonna de me conduire à ma chambre , & s'alla coucher lui-même. J'efpérois que notre converfation auroit un peu changé fes réfo- lutions ; car je lui avois dit beaucoup d'au- tres chofes , dont je ne puis me reffouve- nir maintenant. En effet , il me traita le lendemain au déjeûner avec tant d'affec- tion , que je crus que mes conjectures avoient été juftes. A peine fûmes-nous affis , que mon coufin arriva , & me lança un coup d'œil malin , dans lequel on voyoit briller la joie , non cette joie pure qui paroît fur le vifage d'un honnête homme après quelques événemens heureux ; mais cette efpece de fatisfaction que les méchans éprouvent quand ils ont réuffi dans quelques mauvais deffeins , & qu'il eft aifé de diftin- guer d'avec l'autre à leur maintien feul. Il prit mon pere à l'écart ; & je fupofe qu'alors il lui raconta la rencontre qu'il avoit faite

de

vous, & que vous nous avez détaillée d'une
manière si touchante ; car mon pere revint,
le visage allumé de fureur ; & sans me dire
un seul mot, il fit mettre les chevaux au
carosse ; nous continuâmes notre route, &
arrivâmes trois jours après chez ma tante,
à la Grange dans le pays de Sommerset. Ma
tante qui a là une très-belle Terre, étoit
venue souvent chez nous pendant que ma
mere vivoit ; & son aimable fille, ma chere
Serene, a été élevée en partie avec moi.
La suite de mon histoire vous aprendra,
sans que j'aie besoin de le dire ici, quelle
est la noblesse & la générosité de leur ame.
Mon pere ne doutoit pas que ma tante n'en-
trât aussi-tôt dans ses vues : en effet, elle
fut d'abord très-prévenue contre moi, lorsqu'on lui aprit mon histoire, & on convint
que je resterois toujours enfermée dans ma
chambre jusqu'à ce que je fusse rendue à
leurs avis : mais cette bonne tante fut bien
surprise, lorsqu'étant venue pour me faire
des remontrances sur ce qu'elle apelloit
mes folies, elle aprit de ma bouche toute la vérité de l'affaire, & que je lui fis
connoître que M. Thompson, loin d'être
un vagabond, un débauché, & un mauvais sujet, tel qu'on le lui avoit dépeint,
étoit au contraire un homme digne à
tous égards de captiver le goût d'une femme vertueuse & sensée. Elle pourra vous
dire sans doute une autrefois avec quelle
tendresse & quelle affection je lui parlai de
vous. Il ne me conviendroit point à présent

IV. Partie,   H

de répéter tout ce que je lui dis alors. Qu'il
vous fuffife de fçavoir, qu'avec le fecours
de Miff Serene, je parvins fi bien à me la
rendre favorable, que dès le lendemain
elle engagea mon pere à me laiffer vivre
chez elle en liberté, & lui répondit de ma
conduite. Je fus obligée d'effuyer pendant
tout ce tems les vifites défagréables de l'E-
cuyer, qui me fit régulierement fa cour avec
fa mauvaife grace ordinaire; il ne tira de moi
d'autre réponfe que par un profond filence.
Un jour pourtant laffée de fes importuni-
tés, je lui jurai que j'aimerois mieux me
percer le cœur d'un poignard, que de fonger jamais à époufer un monftre de vengeance & de cruauté tel que lui. Il me
quitta brufquement, & me difpenfa pendant quelques jours de fes vifites. Il étoit
alors avec mon pere chez Sir William Care-
lefs, dans une Terre à deux milles de celle
de ma tante. Dans cet intervalle on envoya en York, pour quelques affaires, un
domeftique dont je pouvois difpofer. Je
le chargeai de vous rendre une lettre, &
j'ai été bien aife d'aprendre que vous l'ayez
reçue. Ah! Monfieur Thompfon, j'apré-
hendois alors bien plus pour vous que pour
moi; je connoiffois votre tempérament;
& l'idée du défefpoir que ma perte vous
alloit caufer, me tourmentoit extrêmement.
Je fçavois que la nobleffe de votre cœur
ne vous permettroit jamais de fouffrir une
injure avec cette modération qui eft auffi
louable qu'elle eft néceffaire; & je ne vous

écrivis cette lettre que pour remettre le
calme dans votre ame. Je souffrois cependant toutes les brusqueries de mon pere,
les assiduités lassantes de l'Ecuyer, & la
peine que me forgeoient mes propres idées.
J'avoue que mon amour pour vous étoit
aussi violent qu'il étoit pur. Je pleurois votre absence, & la distance qui nous sépa-
roit : si je songeois aux divers accidens qui
pouvoient traverser notre amour, c'étoit
avec tant de chagrin, de soupirs & de larmes, que ma tante, ma cousine, & mon
pere lui-même, apréhendoient que je n'en
tombasse malade, & défendirent pendant
quelque tems à mon persécuteur de paroître devant moi. Ces deux Dames prirent
tant d'estime & d'amitié pour moi, que ma
vie même ne sera jamais assez longue pour
les reconnoître dignement ; elles résolurent
de me servir suivant mon goût, & de me
délivrer, s'il étoit possible, des persécu-
tions que je souffrois. En effet, elles dirent
à mon pere tout ce qu'elles purent pour
l'adoucir ; mais elles le trouverent ferme
& entier dans ses sentimens, & n'en purent rien obtenir, à moins que je ne re-
nonçasse à vous pour toujours, & que je
n'épousasse son neveu. Je lui avois promis,
dit-il, de ne point forcer son inclination,
pourvu qu'elle ne pensât plus au jeune
Thompson : elle a renoncé elle même à
cette bonne volonté, & je suis maintenant
autorisé à faire tout ce que je fais, pour la
rendre heureuse malgré elle ; elle ne sera

H 2.

pas malheureufe même , fi je ne prends
pas la réfolution de la traîner à l'Eglife ,
& de la marier par force à mon neveu. Ces
Dames connoiffoient auffi bien que moi
l'obftination de mon pere , ces derniers traits
m'irriterent au point , que , quoique je lui
euffe promis de ne jamais me marier que de
fon confentement , je crois que fi vous euffiez été fur les lieux , je me fuffe jettée entre
vos bras ; oui , j'euffe tout fait pour m'affranchir de cette tyrannie. Parmi le grand
nombre de gens qui venoient rendre vifite à ma tante , il y avoit un Gentilhomme
fort riche , nommé le Colonel Villiam ,
qui prit d'abord du goût pour moi, & demanda permiffion à ma tante de m'adref-
fer fes vœux. Il étoit auffi généreux que
riche , & ma tante ne lui eut pas plutôt
parlé de mes premiers engagemens , qu'il
ceffa fes pourfuites ; mais quand il aprit
tout ce que j'avois à fouffrir de la part de
l'Ecuyer , que toute la nobleffe du voifinage
regardoit comme un pauvre fujet , il fe propofa , de mon aveu , de fe donner publi-
quement pour fon rival , afin de l'obliger
à en venir à quelque action lâche & indigne , & d'engager par ce moyen mon pere
à changer de réfolution. J'y confentis ; il
nous procura des parties de plaifir ,
annonça tout haut fes prétentions , & pouffa même la chofe jufqu'à me demander à
mon pere qui le refufa poliment , mais
fentit cependant fa vanité trop flattée de
voir fa fille ainfi recherchée , pour lui

interdire fes vifites ; & ma tante en parut
fort fatisfaite. L'Ecuyer aprit bientôt qu'il
avoit un rival puiffant. Il fe plaignit à
mon perè de ce qu'il fembloit y donner les
mains ; mais mon perè lui répondit : par-
bleu, fi tu n'as pas affez de courage pour
défendre tes droits contre tous venans ,
tu n'es pas digne d'elle. Il prit la chofe
au pied de la lettre , & vint chez ma
tante, où il trouva le Colonel jouant au
piquet avec moi, tandis que ma coufine
regardoit dans le jardin. Il entra fans faluer ;
& fans dire un feul mot, il vint s'affeoir
auprès de nous. Le Colonel nous dit en
riant : Mefdames , j'ai tant de vénération
pour votre fexe , que je fuis d'avis que
quand un homme à l'impoliteffe d'entrer
par tout où vous êtes fans ôter fon chapeau, il faudroit le lui clouer fur la tête ,
comme fit un jour le Czar à un certain
Ambàffadeur. Pardieu, répondit l'Ecuyer,
ce ne fera pas vous qui l'y clouerez. Non
pas en préfence de ces Dames, répondit
il ; mais fi vous faites l'infolent , je vous
emmenerai , & je vous corrigerai pour
cela. La lâcheté naturelle de l'Ecuyer lui
fit garder le filence pendant quelques mi-
nutes ; enfin il le rompit en difant : Monfieur, quelles font vos prétentions auprès
de cette Dame ? Je n'en ai point d'autres
pour le préfent répondit le Colonel , que
de la défendre contre vos brutalités; ainfi,
Monfieur, fans venir ici épier nos actions,
je vous prie de fortir tout-à-l'heure , on

je serai contraint de vous traiter comme
vous le méritez. Le Colonel, toujours en
riant, se leva lui donna trois ou quatre
coups de baguette sur l'épaule, & le prenant au collet, le fit sortir de l'apartement.
Ce grand benêt avec sa longue épée sor-
tit tranquillement de la maison, & cette
aventure nous divertit beaucoup. Le Colonel ne s'en tint pas là ; il alla rendre
visite à mon pere chez Sir Villiam, se
plaignit de la grossiereté de son neveu ,
& lui dit qu'il le traiteroit ainsi toutes les
fois qu'il lui verroit faire quelques im-
pertinences devant lui. Mon pere se fâcha
d'abord contre le Colonel ; mais il ne tarda pas à s'adoucir, & il s'écria : ma foi ,
Colonel, vous avez raison ; je voudrois
que vous puissiez lui donner assez de
cœur, & émouvoir assez sa bile, pour
l'engager à se battre contre vous. Il est
assez bon garçon d'ailleurs, mais tout le
monde n'a pas la valeur en partage. Ma
tante & ma cousine se joignirent à son oncle, & le raillerent si amérement de sa lâcheté, qu'il se crut obligé, pour sauver son
honneur, de le tuer : en effet, il se mit
en embuscade dans un chemin, & lui tira
un coup de pistolet dont la balle perça son
chapeau. Le Colonel se retournant, mit
l'épée à la main, & poursuivit son ennemi : il l'eut bientôt atteint, & fut tout
étonné de trouver que c'étoit le vaillant
Ecuyer Rich. Dans le premier mouvement
de sa colere, il fut sur le point de lui passer

fon épée au travers du corps ; mais vu l'in-
dignité du fujet , il aima mieux l'en tenir
quitte pour la honte : ainfi lui ayant lié les
deux mains par derriere , il le fit marcher
devant lui jufques chez ma tante , où il
l'introduifit , & nous raconta la maniere
dont il avoit voulu l'affaffiner. Jamais homme ne parut fi confterné ; & quand on eut
envoyé chercher mon pere , il penfa mourir de honte des reproches qu'on lui fit.
Le Colonel le lui remit entre les mains , &
lui dit : Monfieur , par confidération pour
vous & pour votre famille , je n'expoferai
point ce malheureux à un châtiment public ;
mais je vous prie de penfer mûrement fi un
homme de cette trempe eft digne d'être le
mari de votre charmante fille. Ma tante
protefta à mon pere qu'elle ne vouloit plus
le fouffrir chez elle ; & le vieux Gentilhomme le remena avec lui , & le mal-
traita fort , quand ils furent fortis. Croiriez-
vous que ce malheureux eut l'impertinence
de dire à mon pere , & même de lui faire
croire , qu'étant allé à la promenade , il
avoit tiré pour s'amufer un coup de piftolet , fans fçavoir que le Colonel , ni qui
que ce foit , paffât par là ? Il lui promit ,
pour rétablir fa réputation , d'aller demander raifon au Colonel , & fe venger de
l'oprobre dont il l'avoit couvert. Il protefta
en même tems , que s'il n'avoit rien répondu aux accufations qu'on lui avoit in-
tentées , c'étoit par confidération pour lui
& pour moi , & parce que les circonftances

étoient visiblement contre lui. Il accompa-
gna ces protestations d'innocences de tant
de soupirs & de larmes, que mon pere,
qui l'aimoit jusqu'à l'aveuglement, crut tout
ce qu'il disoit, & n'exigea de lui d'autres
preuves de son innocence, que d'aller attaquer le Colonel en brave ; mais aussi, lui
dit-il, si tu ne prends pas ce parti, tu peux
compter que jamais tu n'auras ma Louise.
Il le ramena ensuite chez ma tante, en nous
débitant cette histoire faite à plaisir ; aucune de nous ne voulut la croire ; cependant nous souffrîmes ses visites, bien per-
suadées que sa poltronnerie seule le perdroit
dans l'esprit de mon pere, & qu'il entre-
prendroit aussi-tôt de faire face à une armée de dix mille hommes, que d'aller attaquer le Colonel. Mais le Colonel ayant
eu ordre le lendemain de se rendre à Londres pour son service, vint prendre congé
de nous, & nous promit de revenir en
moins de quinze jours, & de mettre à l'é-
preuve le courage de l'Ecuyer Rich. Ce
départ conserva à l'Ecuyer tout son crédit
dans l'esprit de mon pere ; mais cette terrible quinzaine me causa des tourmens inexprimables, & fut l'origine de la résolution
qui m'a attirée en France, & j'ose le dire,
de tout le bonheur que j'ai à espérer dans
la vie.

Après le départ du Colonel, l'Ecuyer se
fit tout blanc de son épée, & ensuite il
disparut tout-d'un-coup, & fit répandre
le bruit que puisqu'une de ses victimes lui
étoit

étoit échapée , il étoit résolu de tirer satisfaction d'une autre , qui ne l'avoit pas moins
maltraité , en osant lui disputer mon cœur.
Il y avoit près de huit jours qu'il étoit parti ,
lorsque mon pere vint d'un air mêlé de joie
& de tristesse , & montra une lettre à ma
tante , en disant : en vérité le sort de ce
pauvre garçon me fait peine ; mais enfin
mon neveu a fait voir qu'il étoit homme
de courage , & le Colonel William n'a qu'à
se bien tenir quand il reviendra. Voici ce
que contenoit la lettre.

» J'espere , Monsieur & très-oncle, que
» vous ne croirez pas maintenant tous les
» sots discours que l'on tient de moi tous
» les jours : j'ai un bon compte à vous
» rendre du jeune Thompson ; je suis allé
» le trouver, je l'ai sacrifié à mon ressenti-
» ment , & je lui ai fait mordre la pous-
» siere. Je me suis sauvé ici pour éviter les
» poursuites ; & maintenant qu'il ne vit
» plus , je pense que je n'aurai plus de tra-
» verses à essuyer, & que je posséderai sans
» obstacles ma cousine Louise. Le pauvre
» garçon étoit sur le point de partir pour
» Londres. Je suis jusqu'à la mort ,

Votre obéissant neveu ,
HUMPHRY RICH.

De Boston dans la Province de Lincoln.

Ma tante lut cette lettre avec la plus

grande surprise ; & quoiqu'elle ne crut pas
qu'il vous avoit tué en duel, elle ne douta
point qu'il ne vous eût ôté la vie par un
lâche assassinat. Elle prit mon pere en particulier, & le pria de ne point m'aprendre
brusquement cette mauvaise nouvelle, mais
de lui laisser le soin de m'en informer quand
elle en trouveroit l'occasion favorable, &
de lui remettre la lettre pour cela : en
effet, le lendemain, elle me prit dans sa
chambre, apella sa fille, & après avoir
fermé la porte, elle me déclara l'affaire en
ces termes : Ma chere niece, je sçais ce que
c'est que les malheurs ; j'ai vécu assez long-
tems pour aprendre que rien n'est perma-
nent ici bas, & que tous les plaisirs que
nous nous formons dans l'imagination ,
font autant de moyens pour nous convain-
cre de notre misere ; les agrémens que nous
goûtons dans le monde , ne peuvent point
entrer en comparaison avec les peines qu'il
nous faut essuyer tous les jours ; à chaque
instant nous courons après des bagatelles
& des riens, & nous négligeons les soins
bien plus importans de ce qui doit arriver
un jour. Vous-même, ma chere niece ,
quoiqu'extrêmement jeune, vous avez déjà
mené une vie pleine de troubles ; quoique
vous fussiez encore presque enfant, quand
vous avez perdu votre mere, je sçais que
sa mort vous a sensiblement affligée ; mais
peut-être avez-vous à surmonter un malheur aussi sensible, un accident fatal qui
sans doute altéreroit pour toujours votre

paix & votre tranquillité, fi vous n'aviez
affez de raifon pour le fuporter. A ces mots,
faifie de frayeur, & fans fçavoir encore à
quoi tendoit ce difcours : Madame, m'é-
criai-je, qu'eft-il donc arrivé ? Mon pere.... a-t-il été tué ? eft-il mort ? Hélas !
que vais-je devenir ? que je fuis au défefpoir de lui avoir défobéi ! Non, ma chere,
me répondit ma tante, calmez-vous, votre
pere eft vivant & fe porte bien, peut-être
même ne mérite-t-il pas tant le vif intérêt
que vous prenez en lui. Non, ce n'eft pas
fa mort que vous avez maintenant à pleurer, mais.... Ici un torrent de larmes l'empêcha de pourfuivre ; elle me ferroit dans
fes bras ; fa fille & moi mêlions nos larmes aux fiennes, fans en fçavoir la caufe.
Elle revint à elle, & continua ainfi : Le
plus aimable jeune homme, ma chere nie-
e, celui dont vous nous avez fait un fi
el éloge, votre cher Thompfon... n'eft
plus; un malheureux l'a affaffiné. Ah Dieu !
'écriai-je ; & à l'inftant je tombai en foibleffe, dans un état de ftupidité & d'anéan-
iffement, & je me donnai un violent coup
la tête, dont j'ai toujours porté des mar-
ues depuis. Ces Dames furent alarmées
e cet accident, & n'étoient guere en meil-
eur état que moi; elles avoient pour moi
utant d'amitié & de tendreffe, que j'en
conferverai toujours pour elles. Elles me
releverent, & me donnerent tous les fecours poffibles ; mais j'étois fans mouvement, & je reftai plus d'une heure dans

cette fituation, fans reprendre mes fens : enfin en fortant de cet état de mort, la premiere idée qui fe prefenta à mon imagination, fut mon cher Thompfon pâle & défait, tout couvert du fang qui couloit de fes bleffures. Oh ! m'écriai-je, laiffe-moi mourir avec toi, je n'ai plus befoin de la vie. Permets-moi de te prendre dans mes bras, & d'arrêter ces ruiffeaux de fang qui défigurent ton vifage. A ces mots je retombai en foibleffe ; on apella du fecours, & on me porta au lit. Je reftai quelques jours dans un délire dont on crut que je ne fortirois jamais. Ma tante & ma coufine étoient inconfolables ; & mon pere malgré fa dureté fut fincérement affligé ; mais les deux Dames ne voulurent point le laiffer aprocher de moi : elles le traiterent de cruel, de barbare, & lui reprocherent qu'après avoir affaffiné l'un, il alloit fans doute envoyer fon emiffaire pour tuer l'autre. Son neveu étoit arrivé, & affectoit un grand air de trifteffe ; mais ma tante lui fit dire, que s'il ofoit aprocher de fa maifon, elle le feroit arrêter par fes gens comme un affaffin. On me trouva beaucoup mieux au bout de trois femaines ; mais ma fanté ne fe rétablit que lentement, & il me reftoit dans le cœur un fond de trifteffe infurmontable. Mes couleurs fe perdirent ; je devins auffi pâle qu'un fpectre, & fi maigre qu'on avoit de la peine à me reconnoître. J'eus cependant affez de force pour demander à ma tante des particularités du

malheureux fort de mon cher Thompfon.
Ma réfolution étoit de me donner la mort
à la premiere occafion. Quelque fageffe,
quelque bon fens que l'on ait, il y a des
malheurs fi accablans, qu'il n'eft pas poffible d'y réfifter. Le cerveau s'affoiblit,
toutes les puiffances du corps fe dérangent;
l'on prend les réfolutions les plus cruelles;
peut être même n'y a-t-il que les perfonnes inftruites qui puiffent être frapées fi fortement; & il eft bien vrai de dire qu'un
fot n'a pas affez de bon fens pour prendre
du chagrin. Je convins avec elle qu'il falloit que vous euffiez été affaffiné lâchement;
cependant je ne pouvois comprendre que
vous euffiez fait un fi long féjour dans le
pays d'York. Je formai pendant long-tems
le deffein de livrer votre meurtrier à la
Juftice; mais l'idée que peut-être mon pere étoit compliqué dans le crime, m'empêcha de fuivre ce projet; fans quoi ma
tante étoit d'humeur de fe joindre à moi,
quoique l'Ecuyer foit fon parent de fort
près. Si-tôt que je fus levée, mon pere entra brufquement; il amenoit avec lui fon
neveu me rendre vifite. Je voulus me retirer; mais il m'arrêta, & me dit que je
ne devois point le blâmer de ce qu'il avoit
fait, & qu'un Gentihomme étoit obligé
de défendre fon honneur & fa Maîtreffe.
Je gardai un filence opiniâtre pendant tout
le tems qu'il refta, & j'étois fi animée contre lui, que j'aurois, je crois percé fon indigne cœur, fi j'euffe eu quelques armes

I 3

fous la main. Mon pere me dit d'un air
menaçant : Louife , nous allons mon neveu & moi au pays d'York ; nous y dif-
poferons tout pour votre retour ; fongez-y
bien : je compte que vous fuivrez mes ordres , & que vous ne penferez plus davantage à un homme qui étoit au-deffous de
vous , & qui n'a eu que ce qu'il méritoit.
Je ne lui répondis que par un torrent de
larmes , & ils partirent. Ma tante & ma
coufine choquées de cette inhumanité, ne
voulurent point lui parler; & quand ils furent partis , je déclarai réfolument à ces
Dames que je ne voulois plus retourner à
York , ni voir un pere cruel, quelque chofe qui put m'en arriver. Ce difcours de ma
part les effraya. Le lendemain ma tante me
propofa l'expédient fuivant , comptant que
je ne perfifterois pas long tems dans la même réfolution : elle efpéroit qu'en flattant
ainfi mes difpofitions , elle m'empêcheroit
d'attenter fur moi-même , comme elle
croyoit que j'avois deffein de faire ; en même-tems elle efpéra que cela rameneroit
mon pere à des fentimens plus doux. Ma
chere Louife , me dit-elle , j'ai été élevée
en France , & j'y ai fait un nombre d'a-
mis. Il y a long-tems que je defire de revoir ce Royaume ; nous irons y paffer toutes trois quelques années, & nous quitte-
rons ce pays fatal ; mais comme je ne puis
vous affranchir de l'autorité de votre pere,
vous feindrez de tomber malade , & de
mourir de cette maladie ; nous vous ferons

des funérailles fomptueufes, & on vous
portera à Taunton dans le tombeau de la
famille : cependant vous irez jufqu'au moment de notre embarquement demeurer à
Exeter chez un de mes Fermiers, qui ne
trahira point notre fecret ; & quand on fe
fera acquitté ici de toutes les cérémonies
funèbres, j'écrirai à votre pere une lettre
qui vraifemblablement dérangera entiére-
ment les idées qu'il a fur vous. Mon bien
fuffit pour remplir tous nos befoins : vous
y aurez, ma fille & vous, autant de droit
que moi-même. J'acceptai cette propofition
avec tranfport ; elle flattoit trop l'état dé-
fefpéré de mon cœur pour m'y refufer ; je
haïffois le pays d'York ; je haïffois l'Angleterre, & même je deteftois la dureté de
mon pere, fans pouvoir m'en défendre.
Ce que ma tante me propofoit fimplement
comme un moyen de guérir les defordres
de ma tête, je l'acceptai comme un vœu
ferme & irrévocable de ne jamais revoir
mon pere ni ma Patrie. Peut-être avois-
je alors dans le cœur quelques idées qui
me portoient à la vengeance. Oui, j'avoue
que c'étoient-là mes difpofitions. Mais comme j'avois beaucoup d'affection pour Monfieur & Madame Thompfon, j'aurois fou-
haité que votre mere fur-tout eût fçu la vérité. A la fin je me déterminai à la lui laiffer
ignorer, de peur que par excès de tendreffe
pour moi, elle ne déclarât le tout à mon
pere. Je priai donc ma tante de lui écrire à
l'occafion de ma mort, & j'y joignis mon

portrait que j'avois fait faire pour vous ; je
lui en fis prefent ; vous l'avez fans doute eu
d'elle. Si l'original vous eft auffi cher que
cette foible copie , je m'eftimerai la plus
heureufe des femmes. En un mot, on fit
mes funérailles comme nous en étions con-
venus : ma tante écrivit à mon pere une
lettre terrible à cette occafion ; & fans attendre fa réponfe, nous nous embarquâmes
pour la France , où nous arrivâmes en affez
bonne fanté , après un trajet un peu diffici-
le. Ma tante a arrangé fes affaires de maniere
que tous les trois mois fon économe lui fait
toucher le revenu de fon bien ; & comme
il eft fort confidérable , cette bonne parenté
tient en France un Equipage plus fomptueux
encore qu'elle ne faifoit à Sommerfet. Il y
a maintenant près de huit ans que nous
fommes dans cette maifon ; nous y voyons
peu de monde ; la douceur de notre fituation ne nous eft venue que de nous-mêmes,
& nous tâchons à force de fervices de contribuer au bonheur des autres. Les ouvrages
de femmes, des livres , & de tems en tems
quelques parties de promenades , ont été
nos principaux amufemens, ou du moins
ceux de ma tante & de ma chere Serene ;
car pour moi je n'ai pas joui d'un inftant de
tranquillité ; j'avois toujours devant les yeux
mon cher Thompfon. Jamais mes termes ,
ni même votre éloquence , ne pourroient
exprimer parfaitement les tourmens de
mon ame, & les agitations de mon cœur.
J'ai toujours refufé opiniâtrement d'en-

tendre parler de mon pere & de l'Angleterre ; & ma chere tante s'est si bien prêtée
à mon humeur, qu'elle ne m'a jamais dit
un mot des nouvelles qu'elle en a reçues
en différens tems. Je vous avoue que depuis
que vous m'avez parlé de son repentir, je
brûle d'aller me jetter à ses pieds, & de
mettre fin aux tourmens que son ame endu-
re ; & puisque j'ai retrouvé mon cher
Thompson, le pays d'York sera desormais
le seul endroit du monde qui pourra me
plaire. Je desire fort de revoir aussi M. &
Madame Thompson, & ma pauvre Fidelle,
de marquer ma reconnoissance à M. & Madame Goodvill, & à tous nos autres amis,
& enfin de mener encore une fois une vie
heureuse au milieu d'eux.

Nous étions allés à Versailles, ma cousine & moi, rendre visite à une Dame
de la Cour, lorsque je vous vis passer dans
une allée, & que j'entendis votre voix. La
surprise que j'en eus (car je vous pris pour
un fantôme) me fit tomber en foiblesse ;
vous en sçavez la suite. M. Sharpley doit
aussi s'en bien ressouvenir, continua ma
Louise, avec un sourire divin ; car c'est dans
ce moment qu'il vit Miss Serene, & que
son cœur fut pris ; mais si je connois bien
le langage des yeux, je crois qu'il fut payé
de retour. Quand nous eumes engagé M.
Sharpley à passer la soirée au logis, nous
tachâmes d'aprendre de lui votre nom, &
si vous étiez réellement Monsieur Thompson. Le recit qu'il nous fit de vos aventu-

res, me convainquit qu'on nous en avoit imposé à tous les deux. Je voulus sçavoir si vous étiez réellement aussi fidele à votre Louise qu'on me le disoit ; la résolution que vous aviez formée de ne point voir de femmes, ne me permettant pas de sonder moi-même votre caractere actuel, & je proposai à ma tante & à ma cousine l'idée d'entrer à votre service en qualité de Page. J'employai pour cela les bons offices de M. Sharpley, & je vous ai servi fidèlement sous le nom d'Estampe. Mais M. Thompson, si je vous aimois auparavant, comme vous ne pouvez en douter, combien votre chere Louise ne doit-elle pas maintenant vous chérir ; en vous revoyant si fidele & si constant à vos premiers attachemens, que souvent, lorsque je vous servois, je fondois en larmes, en remerciant Dieu d'avoir formé un modele si excellent de ses perfections. Puis se tournant vers les deux Dames & vers M. Sharpley : j'ai fait continua Louise, pour défendre mon cher Thompson, une chose bien supérieure au courage ordinaire de mon sexe ; j'ai tiré un coup de pistolet, & tué un homme. Mais n'en soyez pas étonnés ; s'il fût mort, n'aurois-je pas été contrainte de le suivre ? Allons, Monsieur Thompson, hâtons-nous de retourner en Angleterre ; mon pere ne peut plus nous refuser son consentement ; il se repent ; vous êtes riche, & nous ne pouvons vivre l'un sans l'autre ; je tâcherai de vous récompenser de votre constance ; en réglant déformais toutes mes actions & mes mouvemens , de maniere à plaire à celui que je choifis pour mon ami & mon époux.

Miff Louife finit ainfi fon hiftoire ; je reftai quelque tems ravi d'admiration , & fans pouvoir prononcer une fyllabe ; mais je la regardai fixement , & dévorai des yeux toutes fes perfections & fes charmes ; enfin je me livrai à des tranfports fi vifs, que je crus en perdre la vie. Ma chere Louife , fille divine , il m'eft impoffible d'exprimer les fentimens que m'infpirent tes vertus incomparables ! Quand j'aurois les accens & la douceur de Catule , la force d'Horace , l'art enchanteur de Valler , pourrois-je jamais rendre juftice à ton mérite ! Oui, retournons en Angleterre dans les bras de nos amis ; & livrons-nous au plaifir de revoir notre famille. Je brûle , je foupire , je me meurs d'impatience , jufqu'à ce que tu fois à moi pour toujours.

Sa tante , Serene & M. Sharpley prirent beaucoup de plaifir à la maniere dont elle nous avoit raconté fes aventures ; & chacun la remercia à fon tour dans les termes les plus affectueux , des complimens qu'elle leur avoit adreffés. Mais , dit Sharpley , eft-il vrai que j'aie gagné le cœur de ma chere Serene ? Heureufe découverte ! Eft-il bien vrai , mon ange ? Demandez-le à ma coufine , repliqua cette aimable fille , & raportez-vous-en à elle ; elle dit toujours la vérité. Il fe leva , courut l'embraffer , &

fa mere enfuite : jamais on ne vit une compagnie de gens plus heureux.

CHAPITRE LIX.

Ils arrangent leurs affaires en France. Madame Rich difpofe de fa maifon & de fes biens. Ils vont paffer quelque tems à Paris. Ils y trouvent une perfonne digne de leur charité. Thompfon lui fait du bien, quoiqu'il en eût été maltraité précédemment. Ils prennent congé de leurs amis. Obtiennent des paffeports pour la Flandre ; arrivent à Willemftadt ; s'embarquent pour l'Angleterre, & vont débarquer au port de Harwich.

MOnfieur Sharpley & moi eûmes bientôt arrangé ce que nous avions d'affaires à Paris, & notre curiofité étant fatisfaite, nous n'attendions plus pour partir que le moment où Madame Rich auroit renvoyé fes domeftiques, à l'exception des Anglois qu'elle avoit amenés avec elle, & difpofé de la maifon qu'elle avoit achetée à Saint Cloud, & des meubles qui étoient fuperbes. Elle s'en défit bientôt très-avantageufement ; M. Van Straaten, Réfident de Hollande, s'accommoda du tout. Ma chere Louife avoit vécu fi retirée depuis qu'elle étoit en France, qu'il y avoit quantité d'édifices, de Palais & de lieux publics qu'elle n'avoit point vus ; ainsi nous nous déterminâmes à demeurer à Paris une quinzaine de jours de plus , & employâmes ce tems à procurer des amusemens à nos Dames. Un jour que nous étions allez à l'Hôtel-Dieu , un malade convalescent s'empressa à nous faire voir les différentes salles, & toutes les commodités de cette maison. Je connus bientôt à son accent qu'il étoit Anglois ; & l'ayant regardé avec plus d'attention , il me sembla que ses traits ne m'étoient point inconnus. Je lui demandai de quel endroit d'Angleterre il étoit. Il me répondit qu'il étoit né à Londres , & qu'il se nommoit Deacon. Je pense , lui dis-je , avoir entendu parler d'un Marchand de ce nom. En effet, Monsieur, repliqua-t-il, j'avois un frere Marchand , & j'ai été malheureusement son successeur dans le commerce. Je reconnus alors que c'étoit véritablement le frere du pauvre M. Deacon, celui-là même qui avoit été cause de mon emprisonnement à la Flotte , bien des années auparavant. Il me parut dans un état si misérable, que je ne voulus pas le mortifier en me faisant connoître ; car il n'y a rien de si cruel à mon avis que d'insulter à la misere , même d'un ennemi. Au contraire, son état me toucha au dernier point; mon ancienne amitié pour son digne frere, se presenta seule à mon esprit. J'étois curieux de sçavoir comment il avoit passé dans un pays ennemi, & ce qui l'avoit réduit dans un si triste état. Il m'aprit qu'il avoit

perdu beaucoup dans le commerce avant la
guerre , & qu'enfin il avoit été contraint
de fe fauver en France avec une forte petite
fomme d'argent , pour éviter de paffer fes
jours en prifon dans fon pays ; qu'il avoit
demeuré quelque tems à Boulogne chez
un Marchand , dont il tenoit les livres ; mais
que fon maître ayant fait banqueroute , il
n'avoit pas pu trouver d'emploi fur la route;
& qu'après avoir dépenfé le peu d'argent
qu'il avoit à chercher inutilement de l'oc-
cupation , la mifere l'avoit contraint de s'engager comme foldat dans le Régiment de
Picardie ; que dans une petite efcarmouche
entre les François & les Alliés , il avoit eu
le malheur d'avoir deux doigts emportés ;
qu'il avoit été réformé comme incapable
de fervir ; qu'il avoit pris la route de Paris
en demandant l'aumône le long du chemin,
& qu'en arrivant il avoit été attaqué d'une
fievre violente , & porté à l'Hôtel-Dieu ;
qu'il efpéroit bientôt être rétabli , & paffer
en Angleterre , s'il pouvoit amaffer affez
d'argent pour payer fon paffage ; qu'il comptoit y trouver de bons amis , & qu'il efpéroit fe débarraffer de fes dettes , au moyen
d'un acte d'infolvabilité. Ce récit me toucha le cœur; je le tirai à l'écart ; je lui dis
que j'étois de fon pays , & que ne pouvant
le voir dans un fi grand embarras , je le
priois d'accepter un petit prefent. En effet, je
lui mis vingt louis d'or dans la main , ce qui
le furprit au point qu'il penfa tomber devant moi. Il pâlit; fes genoux ne pouvoient

plus le foutenir. M. Sharpley, qui avoit les yeux fur moi, voyant ce que je venois de faire, s'aprocha de nous, & me dit qu'il vouloit contribuer auffi à fecourir un compatriote dans le befoin, & lui fit accepter encore dix louis. Sans vous, mon cher ami, ajouta-t-il, j'euffe fait moi-même, il n'y a pas long-tems, une très-mauvaife figure dans ce pays-ci : nous fommes tous fujets dans la vie à des malheurs inévitables, & nous devons regarder nos freres dans cet état, comme des exemples de ce qui peut arriver un jour à chacun de nous. Madame Rich & les Dames voulurent fçavoir ce que nous venions de faire, & toutes trois lui firent auffi un prefent. La joie reparut bientôt fur fon vifage, & un fourire involontaire nous fit voir la fatisfaction qu'il reffentoit intérieurement.

Bientôt après nous prîmes congé de M. Dupleffis & de fa famille, de M. Baffompierre, & de tous nos amis de Paris, qui nous accablerent de politeffe ; & ayant obtenu des paffeports avec affez de peine, nous partîmes pour la Flandre par la route de Cambrai, où après avoir fait quelque féjour, ainfi que dans toutes les grandes Villes, tant pour nous repofer, que pour procurer quelques amufemens à nos Dames, nous obtînmes un paffeport général pour nous fervir en cas que nous fuffions rencontrés par des troupes de France, & nous nous rendîmes à Anvers : de-là en un jour & demi nous paffâmes à Willemftadt, où

nous avions deffein de nous embarquer
pour l'Angleterre. Louife, Serene & fa
mere foutinrent à merveille les fatigues de
cette longue route, quoique les auberges
foient fi mauvaifes dans prefque toute la
Flandre, que les plus petites gens d'Angleterre murmureroient d'être forcés de s'y arrêter. En effet, on peut dire à l'honneur
de l'Angleterre, qu'il n'y a point de pays
dans le monde où l'on trouve tant de commodités dans les auberges & fur les grands
chemins. La France & la Hollande font à
peu près fur le même pied ; mais pour l'Ef-
pagne, l'Italie, l'Allemagne, & tous les
autres pays de l'Europe, les auberges y font
mauvaifes, les nourritures groffieres & mal
accommodées, & l'on n'y trouve point les
commodités du voyage. J'étois alors gai,
content & fatisfait ; je voyois tout fous un
jour favorable ; je n'avois point de reffen-
timens dans le cœur, & je pardonnois au
genre humain toutes fes fottifes & fes ab-
furdités. Hélas! que l'infortune fçait bien
empoifonner le goût que nous avons pour
la vie. Un infortuné trouve mauvais tout
ce qui choque fon humeur ou fa fantaifie.
Laffé de la vie, tourmenté continuellement
par fes inquiétudes ou fa fituation malheureufe, il regarde tous les hommes comme
fes ennemis, & aperçoit dans leur conduite des fautes qui, dans un autre tems,
ne lui paroîtroient que des bagatelles auxquelles il ne prendroit pas garde.

Nous fûmes embarraffés de pouvoir, dans
le

le pays, conserver les égards dûs au sexe ;
mais nous en vînmes à bout avec le secours
des Officiers, tant François que de l'Armée
alliée, & nous trouvâmes assez communément des lits pour nos Dames dans un pays
fatigué de marches & de contremarches,
& ravagé par deux armées puissantes : je ne
puis m'empêcher eu mon particulier de donner des louanges aux Officiers, qui nous
accorderent poliment des escortes, & nous
faisoient conduire de porte en porte aux
endroits où ils croyoient que nous pouvions
être mieux & plus surement. Aurois-je jamais pu espérer de jouir sans crainte & sans
obstacle de la compagnie de ma chere
Louise ? Tel étoit pourtant mon sort ; &
si je sentois de tems en tems quelque crainte
légere pour sa sûreté, ce n'étoit point la ja-
lousie qui me les causoit ; j'avois trop de
confiance dans les sentimens de cette aimable fille : en un mot, nous goûtions tous
une félicité que rien ne pouvoit plus trou-
bler ; nous étions assurés de notre bonheur,
& il sembloit à Sharpley & à moi que nous
eussions toutes les richesses des Indes en
notre possession. L'élévation de sentimens
que nous puisions dans leur compagnie,
donnoit à toutes nos actions un air de noblesse & de générosité. Nous portions à
l'excès la condescendance pour nos domestiques, & nous faisions aux soldats des lar-
gesses dignes de la libéralité d'un Prince,
mais sur-tout à ceux qui arrivoient tous les
jours d'Angleterre à Willemstadt, & qui

IV. Partie.   K

n'avoient pas encore éprouvé les travaux
& les fatigues de la guerre.

Nous louâmes un vaiffeau pour nous
feuls : cependant le Capitaine Sharpley
ayant rencontré auffi-tôt après un Officier
de fa connoiffance qui commandoit un Vaiffeau de guerre de vingt canons, il obtint
du Commandant de nous prendre fur fon
bord, & de nous mettre à tems à Harwich,
où en effet nous arrivâmes trente-fix heures
après avoir quitté les Hollandois. Nous
fîmes au Capitaine Tripfack, notre Commandant, un fort beau prefent, pour reconnoître fes attentions ; & les Matelots
eurent part auffi à nos libéralités.

CHAPITRE LX.

*Il eft joint par une perfonne de connoiffan-
ce, à qui il fait un prefent. Ils partent
pour Londres ; font reconnus à Colchefter, & par qui. Ils arrivent à Londres ;
envoient chercher Prig. Entrevue tendre
entre Thompfon & Miff Rich.*

NOus étions à peine débarqués, & nous
allions dîner dans la meilleure auberge
de la Ville, lorfqu'on vint me dire qu'un
Gentilhomme qui nous avoit vus entrer,
demandoit à me parler. Je lui fis dire de
monter ; il vint. Je ne le reconnus point
en entrant ; mais il ne m'eut pas plutôt
adreffé les complimens ordinaires, que je

lui pris la main, & lui dis avec effusion de cœur : quoi, M. Brisk mon ancien ami, comment avez-vous pu reconnoître un homme si changé depuis que vous l'avez vu à la flotte ? Monsieur, me repliqua-t-il, j'ai été long-tems sans vous remettre ; mais à la fin je me suis rapellé M. Thompson, l'ami de mon Maître, que je n'ai quitté qu'hier ; & comme il m'a dit que vous deviez arriver de France de jour en jour, cela a aidé à ma mémoire. Je lui demandai quelle affaire l'avoit amené à Harwich. Il me répondit que son Maître lui avoit procuré l'emploi de Sécrétaire du Commissaire Anglois en Plandre, & qu'il alloit s'embarquer dans le paquebot pour Helvœtsluis, & que précédemment il avoit fait quelques affaires à Colchester pour M. Prig. Je fus charmé de voir ce jeune homme, dont j'avois oublié de reconnoître les services qu'il m'avoit rendus dans mes malheurs. Je le retins à dîner ; & après l'avoir bien régalé, je le tirai à l'écart, & lui dis que j'étois fâché d'avoir quitté l'Angleterre sans m'être acquitté des obligations que je lui avois. Je le priai de m'excuser, & de recevoir maintenant les marques de ma reconnoissance : en même-tems je lui mis dans la main un billet de banque de 100 l. sterlings. Il rougit, & vouloit refuser ce present ; j'insistai à lui faire recevoir, & lui promis qu'à son retour en Angleterre, je tâcherois de le rétablir dans son ancienne profession, où j'étois sûr qu'à l'exemple de

M. Prig, il trouveroit moyen de réuffir &
de fe faire aimer. Il me remercia mille fois
de cette marque de bonté ; mais le paquebot étant prêt à mettre à la voile, il fallut
finir notre converfation , & il me quitta.

Le lendemain nous louâmes un caroffe
& des chevaux , & nous prîmes avec joie
le chemin de Londres. Nous nous voyions
alors dans notre patrie , & nous nous pref-
fions d'arriver chez nos amis , qui fans doute
étoient impatiens de me revoir , & atten-
doient depuis long-tems mon arrivée ; mais
pour le Capitaine Sharpley & les Dames,
on ne les attendoit en aucune façon. Quel
plaifir ne reffentîmes - nous pas à mefure
que nous aprochions du lieu de notre naiffance , où nous comptions terminer nos
aventures par une union heureufe & promp-
te ! Arrivés à Colchefter , nous étions à
peine defcendus à l'auberge , que je me
fentis embraffé par un homme en bottes ,
qui me ferra dans fes bras avec tant de
promptitude & de vivacité , que je n'eus
pas le tems de voir qui il étoit ; mais en
l'entendant répéter de tems en tems : mon
cher Maître , quoi vous voilà , mon ami ,
mon fils , tout ce que j'ai de cher ! Je le
reconnus alors pour mon fidele Truman ;
je lui rendis fes careffes avec un épanche-
ment de cœur & une fatisfaction inexpri-
mable. Nous répandîmes des larmes ; &
toute la compagnie m'entendant répéter ,
cher Truman , comprit aifément que c'é-
toit ce digne domeftique dont je leur avois

fi souvent chanté les louanges. Nous entrâmes dans une chambre, & je le prefen-
tai à Sharpley & aux Dames, qui l'accablerent de careffes. Quand il aprocha de
ma chere Louife, il recula de quelques pas ;
& fe frottant les mains & les yeux, il fe
tourna vers moi, & me dit : ah ! mon cher
Monfieur, qu'eft-ce que je vois ! ou j'ai
l'imagination frapée d'une illufion vaine,
ou vous êtes le plus heureux des hommes ;
c'eft affurément Miff Rich que j'ai fi fouvent vue dans le pays d'York, qui eft ref-
fufcitée ; c'eft celle qui vous a caufé tant
de chagrins, & que vous avez pleurée tant
d'années. Oui, repliqua cette Dame, je
ne puis laiffer plus long-tems en fufpens un
fi bon ami de Thompfon : c'eft moi-même ;
& je n'ai pas moins pleuré votre Maître,
que je croyois avoir perdu pour toujours.
Truman fe jetta à fes genoux, & lui baifa
vingt fois la main. Il étoit fi tranfporté,
qu'il ne put de quelque tems proférer que
des mots entre-coupés, que l'abondance de
fa joie lui permettoit à peine de prononcer.
Il danfa, chanta, & fit tant de folies, que
je crus que la tête lui tournoit. Lorfqu'il
fut un peu plus tranquille, il m'aprit que
M. Goodvill & fon époufe, Monfieur &
Madame Bellair, & Miff Sukey étoient à
Londres, & qu'il les avoit laiffés chez M.
Diaper, où étoit auffi fon fils, tous fort
impatiens de me voir arriver : qu'à leur
priere, & pouffé par fa propre impatience,
il étoit prêt à paffer en Hollande, & qu'il

avoit même obtenu déjà un paſſeport pour
m'aller trouver à Paris. Monſieur, ajouta-
t-il, votre pere a déjà été deux fois à Londres depuis vos dernieres lettres ; il eſt
maintenant retourné en York, où il eſpére
bientôt vous voir. Il ne ſe reſſouvenoit plus
du tout de Sharpley, qui ſe fit connoître à
lui. Pour lors il l'embraſſa de tout ſon cœur,
& le félicita ſur ſon heureuſe arrivée en
Angleterre, en lui diſant que ſon pere &
toute ſa famille étoient en bonne ſanté.
Mais, Monſieur, continua-t-il, eſt-il à
propos que ma chere Maîtreſſe ſe faſſe connoître tout-d'un-coup ? S'il m'eſt permis de
dire ce que je penſe, je voudrois qu'elle ſe
déguiſât, afin de pouvoir voir Sir Walter
ſans en être connue, & qu'il la remette
lui même entre vos bras, ſans ſçavoir que
c'eſt cette fille dont il ſe reproche tous les
jours la perte, ainſi que les maux qu'il vous
a cauſés. Nous conſentîmes avec plaiſir à
cette propoſition ; nous réſolûmes de ſuivre
ſon avis, & de cacher à tout le monde l'e-
xiſtence de Miſſ Louiſe, juſqu'à ce que
notre mariage fut accompli. Madame Rich
me pria d'envoyer Truman louer une maiſon convenable pour nos Dames dans le
plus beau quartier de la Ville, juſqu'à ce
que j'euſſe arrangé mes affaires à Londres,
& que je puſſe les conduire dans le Pays
d'York. Pour lui donner tout le tems néceſſaire, nous reſtâmes quelques jours à
Colcheſter, & nous allâmes à Londres à
ſi petites journées, que nous n'y arrivâmes

qu'au bout de huit jours & tout au soir.
Truman nous attendoit fur une lettre d'avis
qu'il avoit reçue de moi dans le quartier de
Holborn, au Cerf blanc. Nous prîmes auffi-
tôt un autre caroffe, & menâmes nos aimables
Compagnes dans une maifon que Truman
leur avoit préparée dans la place du Lion
rouge, & dont nous trouvâmes les meubles
choifis & arrangés avec tout le goût poffible.

Le lendemain j'allai avec Sharpley dans
un caffé. J'étois richement habillé ; & étant
monté dans une chambre, j'envoyai dire à
M. Prig par un domeftique, que deux perfonnes demandoient à lui parler. Je fçus
que Prig avoit beaucoup queftionné le domeftique fur notre air, nos habillemens,
&c. foupçonnant fans doute que c'étoit
moi ; & il arriva bientôt après. Je m'étois
mis à la fenêtre, le dos tourné vers la porte,
& j'avois donné à Sharpley une lettre pour
la lui remettre, avec les inftructions fur la
façon dont il devoit s'y prendre. Quand il
fut entré, Sharpley lui demanda s'il étoit
M. Prig ; & ayant fçu que c'étoit lui, il
lui dit qu'il avoit vu en France une perfonne apellée M. Thompfon, qui l'avoit
prié de lui remettre cette lettre, & de
boire à fa fanté avec lui. Thompfon !
Monfieur, dit-il, vous me faites honneur, & vous m'obligez beaucoup : comment fe porte ce cher ami ? nous l'atten-
dons de jour à autre en Angleterre. Je l'ai
laiffé, Monfieur, reprit Sharpley, en affez
mauvaife fanté ; mais.... Bon Dieu ! inter-

rompit l'autre en pouffant un foupir ; eft-il
à Paris, Monfieur ? Il y étoit, Monfieur,
quand j'en fuis parti. Je vais prendre le paquebot, & j'irai voir ce cher ami, quoiqu'il en puiffe arriver. Il prononça ces mots
d'un air fi touchant, que je n'y pus tenir
davantage, & je m'écriai en me retournant : non, mon cher Monfieur, vous ne
ferez point un voyage fi fatiguant. Voyez
votre ami Thompfon qui eft à vous plus
que jamais. Il fe leva précipitamment de
fon fiege, & accourant dans mes bras, il
me dévora prefque de careffes que je lui
rendis d'auffi bon cœur ; nous fûmes quelque tems fans pouvoir parler ; Sharpley fut
obligé de nous rapeller à nous-mêmes. Je
lui apris alors qui étoit ce Gentilhomme :
il fut charmé de le voir ; & le recit de nos
aventures redoubla encore fa fatisfaction.
Monfieur, dit-il, je rends grace à la Providence de votre heureux retour ; vous allez
porter la joie dans le cœur de tous vos
amis, auffi-bien que dans le mien. Votre
ami Diaper & tous les autres qui font à
Londres, ne defirent rien tant que de vous
voir. Mon ami & M. Goodvill ont fait un
long féjour dans cette Ville dans cette efpé-
rance. Mais que penferez-vous ? Prim & fa
famille font venus en Angleterre. Je fuis
maintenant fur le point de faire expédier
le contrat d'une Terre qu'il a achetée auprès de Cheshunt en Hertford. Ma fatisfaction étoit la plus grande du monde ; & quelque réfolution que j'euffe fait, je ne pus
m'empêcher

m'empêcher de déclarer à *Prig* que j'avois
retrouvé Miff *Louife*, après l'avoir perdue
fi long-tems. Il en fut dans la plus grande
furprife, & admira la bonté de la Providence, & les voies merveilleufes dont elle
fe fert tous les jours pour rendre les hommes heureux.

Prig étoit toujours le même que je l'a-
vois laiffé, il n'étoit point encore marié;
mais, au moyen des bontés extraordinaires
de Meffieurs *Goodvill* & *Bellair*, & avec
les recommandations de M. *Diaper* & de
mon pere, il avoit eu dans fa profeffion
des fuccès fi favorables, qu'il fe trouvoit
déjà au-deffus de fes affaires, & maître d'une
affez jolie fortune.

Je le priai de ne rien dire de mon arrivée à nos autres amis, parce que j'avois
deffein d'aller chez M. *Diaper*, & d'y
caufer à tout le monde une furprife agréable par ma prefence. Je le conjurai fur-tout
de me garder un fecret inviolable fur le
fort de Miff *Louife*, dont je n'avois parlé
qu'à lui. Nous le menâmes enfuite avec
nous fouper chez les trois Dames; il fut fi
frapé d'admiration à la vue de ma charmante Maîtreffe, & de fa converfation,
qu'il répéta plufieurs fois en nous en retournant; c'eft la plus aimable Dame du
monde, je n'ai jamais vu de beauté fi
parfaite.

M. *Sharpley* & moi avions parcouru
toute la Ville avec *Prig*. J'y avois acheté
un beau collier de diamans, & lui des

IV. Partie. L

boucles d'oreille magnifiques , pour nos
deux Maîtreffes , & quelques bijoux pour
la vieille Dame ; il s'étoit en même-tems
muni d'un caroffe pour fervir à ces Dames
pendant leur féjour à Londres, Quand
Prig fut parti, nous prefentâmes nos bijoux ; je fus affez heureux pour placer le
mien au col de mon Ange , qui , touchée
de cette attention , me dit : vous êtes
extrêmement galant, mon cher Thompfon ; vous étudiez fi bien les moyens
de m'obliger, que je ne puis vous exprimer les fentimens tendres que je reffens
pour vous. Ah ! fille adorable , lui ré-
pliquai-je , puis-je en trop faire tout le
refte de ma vie, pour mériter les bontés
d'une perfonne à qui j'ai caufé tant de
fouffrances, & qui en même-tems eft un
modele parfait de beauté , de fidélité & de
conftance ? Serene reçut fon prefent avec
joie ; fa mere fut fenfible à la galanterie
de Sharpley , & nous remarquâmes que
cette bagatelle l'avoit mife de très bonne
humeur : en effet, elle dit à Sharpley qu'elle
le garderoit avec plaifir , & que, pour reconnoître fon amitié , elle vouloit , en
confidération de fon mariage , lui donner ,
outre le bien de fa fille, une Terre qui
le mettroit en état d'aller de pair avec
les plus riches Gentilshommes du Comté
d'York. Sharpley & Serene fe jetterent
au col de cette tendre mere , & nous paffâmes enfemble la foirée fort agréablement.
Il étoit déjà fort tard quand nous nous fé-

parâmes pour nous rendre au logement que
Truman nous avoit préparé dans le voifinage de ces Dames. Le lendemain j'ordonnai à Truman de me chercher des
billets du banque pour la valeur de 1000
liv. fterlings ; j'en convertis un en guinées,
que je mis dans une riche bourfe dont
j'avois fait l'emplette tout exprès. Alors
j'allai chez nos Dames, & prenant Miff
Louife en particulier, je lui tins ce difcours. J'efpere, ma chere Louife, que
vous me regarderez maintenant comme
un homme qui vous apartient ; ainfi il eft
jufte que vous partagiez avec moi la fortune que la Providence a fait paffer dans
mes mains. Quand même il feroit poffible
que Sir Walter nous refufât fon confentement, ou qu'il voulût nous priver de fon
bien, elle eft affez confidérable pour nous
rendre heureux. Je ne puis fouffrir que
vous foyez plus long-tems à charge à
Madame Rich pour tout ce qui vous
eft néceffaire, à quoi je puis aifément fupléer. Acceptez cette bourfe, elle fuffira pour
fupléer aux dépenfes qui vous reftent à faire
jufqu'à notre mariage ; ayez foin d'acheter
tout ce dont vous avez befoin, ou ce qui
pourra vous faire plaifir, avant que nous par-
tions pour le pays d'York. Tandis que je
lui parlois, cette belle fille me regardoit
tendrement, & me répondit en ces termes :
Mon cher Thompfon, j'accepte ce généreux prefent, & je l'économiferai avec la
même prudence, que je tâcherai toujours

d'aporter dans toutes vos affaires. Vous pouvez me regarder comme à vous & uniquement à vous ; car il me femble que mon pere a abufé de fon autorité par les mauvais traitemens qu'il m'a fait fouffrir ; cependant il faut nous acquitter de tous les devoirs qu'il peut exiger de nous ; pour lors, s'il nous refufe fon confentement, & qu'il foit fâché lorfqu'il reconnoîtra fa fille fous la qualité de votre femme, laiffez-le difpofer comme il voudra du bien qu'il poffede. J'ai pour vous un fonds de tendreffe capable de vous dédommager de cette perte ; mais j'ai meilleure idée du tour que prendront nos affaires, & je crois qu'il fe fera honneur maintenant de vous reconnoître pour gendre. Je vous déguiferois les fentimens de mon cœur, fi je marquois quelque furprife de votre prefent, car je connois bien mon cher Thompfon ; je fçais qu'il eft capable de toutes fortes de bons procédés ; mais comment pourrai-je jamais récompenfer tant de bontés ? Votre fenfi bilité pour mes peines & mes fouffrances ; votre condefcendance pour ma paffion ; votre confentement à notre mariage ; la volonté de me donner la main, & d'être à moi pour toujours ; voilà, ma chere Louife, des dédommagemens qui valent des fiecles de tourmens ; une pareille faveur fera à jamais l'unique but de toutes mes actions. Je vais preffer la fin de mes affaires dans cette Ville, & tout préparer pour me plonger enfuite dans une mer de déli-

ces, où nous n'aurons plus de traverses à
essuyer.

CHAPITRE LXI.

Il arrive chez M. Diaper. Joie qu'y cause
son arrivée. Il les mene chez Miss Louise.
Il reçoit des Lettres de M. Saris. Géné-
rosité de ce Gentilhomme. Bonté excessive
de M. Goodvill. Il va voir M. Prim.
Achevè d'arranger ses affaires, après quoi
ils partent pour le Comté d'York.

QUand nous eûmes passé plus d'une
semaine à parcourir toutes les raretés
de Londres & des environs, dont Miss
Louise & Miss Serene sa cousine n'avoient
eu jusqu'alors aucune idée, puisqu'elles
n'étoient jamais venues dans cette Capitale, je ne pus résister plus long-tems à l'impatience de voir mon cher ami, & le reste
de la société aimable, qui, comme je l'a-
vois apris de Prig, étoit toujours à la campagne chez mon ancien Maître; & je m'y
rendis avec Prig, le Capitaine Sharpley &
Truman. A mesure que nous aprochions
de cette demeure, je me rapellois dans la
mémoire mille aventures qui m'y étoient
arrivées; mais tout cela ne servoit plus
qu'à accroître ma satisfaction presente qui
étoit sans bornes. Nous arrivâmes; en entrant dans la salle où ils étoient à dîner, ils

L 3

me reconnurent à l'inftant , & s'emprefferent à me féliciter fur mon heureux retour. M. Diaper , M. Goodvill & M. Bel-
laïr ne fe laffoient point de me ferrer dans
leurs bras : les Dames me regardoient avec
une amitié pleine de tendreffe , & pleure-
rent de joie. Je répondis de mon mieux à
leurs careffes , & ne pus m'empêcher de
répandre des larmes à mon tour. Mais pour
mon ami & moi , nous goûtâmes un plaifir & des tranfports inconcevables : nous
reftâmes embraffés près d'un quart-d'heure
à nous dire tout ce que la tendreffe de nos
cœurs pouvoit nous infpirer. Quand nos
premiers tranfports furent un peu calmés ,
la converfation fut encore fort touchante.
Nous ne finiffions point de nous queftion-
ner l'un l'autre fur notre fanté ; fur l'état
de nos affaires , & fur les accidens qui nous
étoient arrivés. M. Diaper le fils les avoit
inftruits d'une partie de ce qui me regardoit ; mais pour ce qui s'étoit paffé depuis
notre départ du Cap de Bonne-Efpérance,
je fus obligé de le leur raconter. Je le fis
le plus fuccinctement qu'il me fut poffible ;
& malgré mes réfolutions , je leur apris
par quel heureux hazard j'avois recouvré
ma chere Louife : en effet , ce n'étoit qu'à
Sir Walter que j'étois intéreffé à en faire
myftere. Ils furent tous très-étonnés en entendant cette nouvelle , & admirerent le
foin que le Ciel prenoit de mon bonheur.
Enfuite ils s'épuiferent en félicitations ; &
me propoferent d'aller le lendemain rendre

visite à ces Dames nos compagnes de voyage. Le Capitaine Sharpley, dont le pere étoit fort connu d'eux tous, fut reçu le plus poliment du monde : chacun prit de l'amitié pour lui dès le premier moment, & surtout mon cher Diaper. Nous étions trois Amans heureux rassemblés, & occupés à nous réjouir ensemble du succès de nos affaires. Nous retournâmes le même jour à la Ville, afin de préparer Miss Louise, Madame Rich & Serene à la visite qu'on devoit leur rendre le lendemain. Je priai ma chere Maîtresse de s'habiller le plus richement qu'elle le pourroit ; à quoi elle me promit, en souriant, de ne pas manquer. Elle me demanda si j'avois apris quelque nouvelle de son pere : je lui dis qu'il étoit en bonne santé, mais toujours extrêmement chagrin de sa perte & de toutes nos aventures : que l'Ecuyer étoit toujours résident dans sa Terre à Duncastre, comme je l'avois apris de Madame de Goodvill ; que quelque chose qu'il eût pu faire, il n'avoit jamais pu parvenir à attendrir son oncle, qui a été informé de toutes ses mauvaises manœuvres par un des malheureux qui étoient avec lui, lorsqu'il me traita si mal en dernier lieu ; & que la bassesse qu'il avoit eue de lui faire croire qu'il m'avoit tué, nouvelle fausse qui avoit été cause de la mort de sa fille, l'avoit irrité de plus en plus contre lui. Il avoit été pareillement informé de l'affaire par la personne même qui m'avoit écrit, lorsque j'étois chez mon

pere , que c'étoit l'Ecuyer Rich qui m'a-
voit fait attaquer auprès de la maison de
Sir Walter. Sir Walter avoit pardonné à
cet homme, à cause de sa probité ; mais il
avoit contraint les autres , à force de les
poursuivre , à quitter le pays , comme une
espece de réparation des injustices qu'il
m'avoit faites ; & il étoit alors dans une
disposition telle qu'il y avoit lieu de croire , que quand même nous ne prendrions
point de précautions , il consentiroit à notre mariage , si-tôt qu'il nous verroit. Ces
nouvelles ranimerent le courage de ma chere Louise , & elle s'écria : ô Dieu ! que
je desire de mettre fin aux tourmens de ce
pere cruel , mais repentant ! Nos visites ar-
riverent le lendemain ; nous les introdui-
sîmes chez Madame Rich , qui les reçut
de son mieux , tandis que Sharpley & moi
nous allâmes chercher nos aimables Maîtresses. Je ne fus jamais plus surpris , qu'en
voyant ma chere Louise avec toutes ses pa-
rures : ses habits étoient magnifiques , &
elle étoit couverte de pierreries. Elle avoit
au col le collier dont je lui avois fait present, & portoit en bracelets mon portrait
en mignature , que j'avois fait peindre pour
l'obliger. Nous leur donnâmes la main jus-
ques dans l'apartement ; & la compagnie
fut si surprise, qu'il ne leur resta à tous que
l'usage des yeux pour admirer nos deux
charmantes Maîtresses.

MM. Goodvill, Bellair, Diaper & Prig,
& toutes les Dames en général , s'avance-

rent au devant de Miff Louife, & la falue-
rent comme une perfonne pour qui ils
avoient conçu les plus hauts fentimens d'eftime & d'affection. Quelque tems après ils
lui marquerent par leurs geftes & leurs difcours, combien ils étoient enchantés de fa
converfation. Serene entra auffi pour moitié
dans leurs louanges, & ces deux Dames
avec Miff Bellair contracterent dès ce moment une vive amitié l'une pour l'autre.
Le jeune Diaper, qui étoit le feul de la
Compagnie qui eût vu Miff Louife, la remarqua avec le plus d'attention, & vint
me dire tout bas qu'il la trouvoit embellie,
& toujours plus charmante : en un mot,
leurs égards pour elle allerent prefque jufqu'à l'adoration ; & avant que de partir,
Madame Diaper me dit, en fe tournant vers
elle : je crois, mon cher Jofeph, qu'enfin
vous allez être heureux. Je vois que la Providence vous a comblés vous & mon fils
de fes plus grandes faveurs. Je ne cefferai
de la remercier pour vous de fes bontés,
& de la confolation qu'elle procure à M.
& Madame Thompfon, & à tous vos amis.
Ce qui augmente encore plus la joie uni-
verfelle, ajouta fon époux, & ce dont peu
de perfonnes peuvent fe flatter, c'eft qu'a-
près huit ans d'abfence, non-feulement ils
nous font rendus, mais encore ils retrou-
vent tous leurs amis en auffi bonne fanté,
que quand nous avons eu le chagrin de nous
en voir féparés.

Après cette premiere entrevue, nous

nous rendîmes les uns aux autres de fré-
quentes visites. Mais Louise alloit souvent
voir M. Diaper avec sa tante & sa cousine ;
elle visitoit aussi dans la Ville M. Bellair &
M. Goodvill, qui prirent tant de goût pour
notre aimable famille, qu'ils ne pouvoient
jamais être un instant les uns sans les autres. M. Sharpley étoit réservé pour la fin
de notre séjour à Londres ; car en y arrivant j'avois écrit à mon pere & à ma mere,
que dans un mois ou six semaines au plu-
tard, j'irois les trouver. Truman & moi
nous travaillons, avec le secours de Prig,
à arranger mes affaires : je me fis une espece de devoir de placer mon argent dans
les fonds publics, jusqu'à ce que je trouvasse
un meilleur emploi : car je ne crois pas qu'un
véritable & bon Anglois puisse rien faire
de mieux, que d'aider l'Etat qui n'est pas
moins soutenu, contre les attaques de nos
ennemis, par l'argent des citoyens riches,
à qui l'établissement présent est un gage qui
assure leur fortune, que par la bonne volonté de tout le Royaume qui reconnoît
devoir le bonheur de sa situation à une pareille confiance. Mes marchandises aussi-
bien que celles de M. Saris, dont Truman
avoit payé presque tout le montant à son
ordre, aussi-bien que ce qui lui apartenoit
à lui-même, avoient été converties en
argent comptant, à l'exception des choses
que j'avois réservées pour l'usage de ma
chere Louise, & pour faire des présens à
mon pere, à ma mere, & à mes amis, à

qui M. Diaper le jeune avoit auſſi diſtribué généreuſement des raretés des Indes orientales. Vers le même-tems, je reçus une lettre de notre ami Saris, dont voici les termes : Truman en avoit reçu pluſieurs avant mon arrivée ; mais celle-ci étoit en réponſe à une des miennes.

,, MON CHER AMI,

,, J'ai été extrêmement affligé d'apren-
,, dre par les dernieres Lettres de Truman
,, que vous avez été pris dans la traverſée,
,, & emmené priſonnier en France ; mais
,, graces à Dieu, j'en viens de recevoir
,, une de vous, & j'ai eu en même-tems
,, la ſatisfaction d'aprendre qu'après un en-
,, chaînement d'aventures extraordinaires,
,, vous êtes auſſi heureux qu'il ſoit poſſible
,, de l'être quand on eſt favoriſé dans ſes
,, amours, que l'on eſt riche, & que l'on
,, ſe retrouve dans ſon pays. Je me réjouis
,, beaucoup du tour favorable que vos af-
,, faires ont pris, & je vous conjure de me
,, donner de tems en tems de vos nouvel-
,, les ; mais ſur-tout quand votre charman-
,, te Maîtreſſe aura pleinement couronné vos
,, vœux. Quant à votre pauvre Saris, il ne
,, compte point ſortir jamais de ſon pays,
,, les ſoins que je prends de mon fils, &
,, mon amitié pous Sir Thomas, dont vous
,, m'avez ſouvent entendu parler, occu-
,, pent tous mes momens. Cependant je
,, ſuis dévoré d'une mélancolie continuelle

„qui me mine infenfiblement. Je pleure
„fans ceffe la mort de ma chere femme,
„que rien ne me peut faire oublier, que
„la mort, pour laquelle je fais des vœux.
„Truman m'a fait remettre dans votre ab-
„fence, tout ce que je pouvois pretendre,
„à l'exception d'une fomme de 300. liv.
„fterl. que je prie ce fidèle Agent de vouloir
„bien accepter, comme une preuve de ma
„reconnoiffance pour tous les fervices qu'il
„m'a rendus, & je vous envoie pour lui
„une décharge générale. Je prie le Ciel,
„mon cher & digne ami, de vous faire
„réuffir dans toutes vos entreprifes, & de
„vous combler dans ce monde de tout le
„bonheur dont ne pourra jamais fe flatter,

Votre affectionné, fidèle ami,
& très-humble ferviteur
VILLIAM SARIS.

De Cork, au mois de Juin.

Je fus charmé de recevoir des nouvelles
de notre ami, & ne fus pas moins touché
que Truman, de cette marque de générofité. Au moyen de cette augmentation
de biens, Truman fe voyoit une fortune
de près de 4000 liv. fterl. qui mettoit ce
fidele domeftique dans un état d'aifance
qu'il n'auroit jamais pu efpérer, s'il fût
toujours refté en Angleterre, & qu'il n'eût
point paffé aux Indes avec moi. Nous fimes réponfe tous les deux à la lettre af-

fectueufe de Saris ; & en mon particulier
je lui promis d'entretenir avec lui un commerce d'amitié, & de lui écrire le plus fouvent que je pourrois.

Il ne me reftoit plus rien à faire, que
d'arranger mes comptes avec M. ou plutôt avec Madame Goodvill qui m'avoit
confié généreufement une fomme de 2000
livres fterlings à faire valoir, lorfque
je partis pour les Indes ; mais quelques
inftances que je puffe leur faire, ils ne voulurent jamais accepter un denier de plus que
le principal. Je connoiffois fi bien toute l'é-
tendue de leur amitié pour moi, que je n'en
fus pas furpris. Je perfiftai à leur dire qu'il
y avoit dans ma fortune une fomme de
douze mille livres à eux, qu'ils trouveroient
toujours quand ils la voudroient. Si cela eft,
répliqua M. Goodvill, nous vous en confti-
tuons l'économe ; employez-la à faire du
bien, perfonne ne fçait mieux s'en acquitter que vous. Il me mena enfuite chez fon
oncle, & chez la plupart des Directeurs
de la Compagnie, pour les remercier de
leurs bontés pour moi. Je fis au premier
quelques prefens affez confidérables, qu'il
reçut avec reconnoiffance & avec plaifir.
Quand je fus fur le point de retourner dans
ma patrie, que je defirois de revoir depuis
fi long-tems, je priai Prig & Sharpley de
venir avec moi rendre une vifite à Prim,
qui étoit parti de Londres pour fa nouvelle
demeure dans le Comté de Hertford; nous
partîmes tous les trois, & y arrivâmes à

l'heure du dîner. Comme il avoit apris de
mon ami que je devois de jour en jour l'aller
voir, il ne fut pas si surpris de mon arrivée;
mais il me reçut avec cette franchise &
cette amitié sincere qui caractérise toujours
ses actions. Son épouse étoit incommodée
pour lors ; sans cela il nous auroit accompagné dans le Comté d'York, où tous mes
amis m'avoient promis de se rendre. Il me
fit le détail de ce qui lui étoit arrivé depuis
que nous nous étions rencontrés en mer,
& m'aprit que son vieux tyran le Capitaine
Surly & son neveu étant allés à terre dans
une des Isles des Larrons, les habitans les
avoient massacrés, pour se venger de ce
qu'il avoit fait prendre & emmener sur son
Vaisseau une femme de cette Isle pour sa-
tisfaire sa brutalité. Il avoit apris cette histoire de la bouche du Supercargo, qui avoit
pris son parti lorsque le Capitaine l'avoit
maltraité avec tant de violence dans sa chambre. Il se réjouit beaucoup du bonheur que
j'avois eu de retrouver ma chere Louise ;
& je le quittai après lui avoir fait promettre
de me venir voir dans le Comté d'York,
si-tôt que la santé de sa femme le lui permettroit.

Quand tout fut prêt pour le voyage, nous
nous partîmes pour la Province d'York.
MM. Goodvill & Diaper avec leurs épou-
ses, dans le carosse de M. Goodvill ; M. &
Mme. Bellair, Miss Sukey & mon ami Diaper dans celui de M. Bellair, & Mme. Rich,
Serene, ma chere Louise & Sharpley dans

un caroſſe que Mme. Rich avoit acheté à Londres : M. Prig, moi & Truman allâmes à cheval. Nous devancions toujours les caroſſes d'un bon mille, afin de préparer les rafraîchiſſemens, les chambres & tout ce qui étoit néceſſaire. La ſatisfaction brilloit ſur nos viſages, & nos cœurs étoient remplis d'une joie ſans bornes. Nous éprouvâmes que le bien & le mal ſe ſuccedent, & qu'après bien des peines, vient le tems du plaiſir, de même que le jour ſuccéde à la nuit.

CHAPITRE LXII.

Ils arrivent chez M. Bellair. Thompſon & Sharpley partent ſeuls avec Truman pour ſe rendre chez M. Thompſon. Leur arrivée. Leur entrevue avec ſon pere & ſa mere. Ils vont chez M. Archer & chez M. Sharpley. Rendent viſite à leurs amis. Thompſon reçoit un Exprès de la part de Sir Walter. Il va le voir. Ce qui ſe paſſe dans leur entrevue.

NOus arrivâmes heureuſement à la Terre de M. Bellair, qui voulut abſolument nous y retenir quelques jours ; il nous y reçut avec ſa politeſſe ordinaire, & imagina tous les moyens poſſibles d'amuſer les Dames, & de leur en rendre le ſéjour gracieux. Nous y convînmes entre nous que Shar-

pley, Truman & moi partirions feuls pour
nous rendre chez mon pere, tant afin de difpofer plus aifément les logemens pour une
compagnie auffi nombreufe, que pour dérober
à Sir Walter la connoiffance de notre arrivée.
En effet, nous partîmes après avoir chargé
du foin de nos aimables Maîtreffes mon
ami Diaper, qui, au moment de notre féparation, avoit peine à retenir fes larmes,
dont Prig le railla beaucoup : nous fîmes
diligence, & nous arrivâmes bientôt à la
vue de cette chere Patrie où j'avois reçu
la naiffance. Je m'écriai avec tranfport : Bo-
cages charmans, recevez encore une fois
vos anciens habitans fous votre ombrage
frais ! Ruiffeaux qui murmurez, charmez
encore nos oreilles par le bruit de vos eaux;
& vous, Echo, répétez encore le nom &
les charmes de ma chere Louife.

M. Sharpley eut la politeffe de m'accompagner d'abord chez mon pere, où nous
arrivâmes ; & donnant nos chevaux à Truman qui refta dehors, je demandai à un
domeftique que je reconnus fort bien, fi
M. Thompfon étoit au logis ? Il me regardoit attentivement, & j'eus lieu de foup-
çonner par fon filence, & par le changement qui fe fit fur fon vifage, qu'il me re-
connoiffoit ; cela dérangea un peu mon
projet. Avant que nous puffions l'arrêter,
il ouvrit à la hâte la porte d'une falle, &
s'écria : Monfieur, Madame, voilà mon
jeune Maître de retour. Il n'en fallut pas
davantage ; ma mere jetta un cri, & accourant

rant au-devant de moi lorſque nous étions
déjà à la porte, elle ſeroit tombée évanouie,
ſi je ne l'avois priſe dans mes bras. O la
plus tendre & la plus aimée des meres! re-
gardez du moins votre fils; il ne vous quit-
tera jamais, & ne vous coûtera plus de larmes. Eſt-ce bien toi, mon cher Joſeph?
repliqua-t-elle. Que je ſuis heureuſe! Mais
quoi!... Qu'il eſt changé!... Il n'eſt pas
poſſible!... C'eſt lui: oui, c'eſt lui, je le
ſens, mon cœur me le dit. Cependant je
ne voyois point mon pere. Si-tôt que ma
mere fut un peu plus tranquille, elle me
conduiſit dans la ſalle; & Sharpley à qui
elle n'avoit pas pris garde, & qui n'avoit
fait ſemblant de rien, me ſuivit. Nous trouvâmes cet excellent pere, qui venoit de ſe
lever de ſon ſiége: ſes genoux trembloient
ſous lui, lorſqu'il voulut faire quelques exclamations ſur le bonheur de mon arrivée.
Il s'avança, ſon viſage pâliſſoit & rougiſ-
ſoit alternativement. Je le ſerrai dans mes
bras, & nous exprimâmes de part & d'autre tous les ſentimens que nous inſpiroit
l'affection paternelle & l'amour filial: enfin
la raiſon ayant pris le deſſus, Sharpley ſe
jetta au col de ma mere, & baiſant les
mains de mon pere, leur dit: M. & Mme.
je vous ramene encore un autre fils que
vous n'avez point reconnu. Ils le regarde-
rent fixement, mais ils avoient toujours
peine à le remettre, lorſque je leur criai:
eſt-il bien poſſible que vous ayez perdu le
ſouvenir de Sharpley? Ils ſe leverent tous

IV. Partie.   M

les deux, & l'accablerent de caresses. Nous
envoyâmes ensuite un domestique débar-
rasser Truman, qui fut reçu de mon pere
& de ma mere comme un ami estimable.
Pendant ce tems-là, les Domestiques ré-
pandirent dans le voisinage le bruit de notre
arrivée. On sonna les cloches, & tous les
Fermiers vinrent nous faire compliment. Je
fis beaucoup d'accueil à ces bonnes gens,
& je fus charmé de les voir. Quant à M.
Solfa, il fut si saisi dans cette occasion,
qu'il ne pouvoit prononcer un mot. Nous
l'embrassâmes Sharpley & moi. Nous fûmes obligés de tenir les portes ouvertes,
& de recevoir la visite de tout le Village.
Le lendemain nous allâmes chez M. Sharpley, qui fut si surpris de retrouver son fils
en pareille compagnie, & de le voir si
heureux en amour, qu'il ne sçavoit quelles
caresses nous faire, & ne cessoit point de
nous embrasser. M. Archer, à qui je donnai des nouvelles de notre autre ami, pensa
mourir des transports de joie que nous lui
causâmes. Ils nous accompagnerent chez
tous nos anciens amis du voisinage, qui furent fort sensibles à notre souvenir. Je priai
mon pere de distribuer en mon nom & en
celui du jeune M. Sharpley, une somme
de 500 livres sterl. aux pauvres & aux
moins riches particuliers de sa Paroisse. Chacun me félicita de ma bonne fortune; &
un ou deux jours après mon arrivée, nous
étant trouvés libres pendant quelque tems,
nous satisfîmes la curiosité de mon pere

& de ma mere, de M. Archer & de M.
Sharpley, en leur racontant nos aventures :
mais quand j'en fus à l'endroit de mon hiftoire où je retrouvai fi miraculeufement ma
chere Louife, j'eus toutes les peines du
monde à leur faire croire mon recit. Quelque confiance qu'ils euffent tous dans ma fin-
cérité, il fallut bien des proteftations de
notre part ; & ce ne fut même qu'après les
avoir bien affuré qu'elle étoit dans le voifinage, que je parvins à m'en faire croire.
Jamais perfonne n'a été fi tranfporté de joie ;
ils furent frapés au dernier point de mon
bonheur ; mon pere lui même, malgré toute
fa prudence, ne put contenir les tranfports
de fa joie, pour me montrer combien il
prenoit part à ma félicité ; ma mere pleu-
roit & rioit tout enfemble, tant l'idée de
retrouver fa chere Louife, qu'elle avoit cru
morte, excitoit de tumulte dans fes fens ;
cependant j'exigeai d'eux tous que l'on tien-
droit cette aventure fecrette jufqu'à ce que
le tems fût plus favorable pour la faire écla-
ter. La maifon de mon pere & celles de
MM. Sharpley & Archer fuffifant pour loger
tous nos hôtes, ils s'empefferent à l'envi
d'avoir cet honneur ; ma mere exigea que
ma chere Louife reftât avec elle, jufqu'au
moment de notre mariage ; & on peut
croire que j'y confentis de bon cœur.

J'étois fur le point d'aller rendre vifite à
Sir Walter, pour fonder fes difpofitions ; à
la vérité je defirois fort de le voir, & j'a-
vois repris pour lui les mêmes fentimens,

qu'autrefois , lorsque je vis arriver de sa part un domestique pour me prier de l'aller voir chez lui : je pris aussi-tôt le Capitaine Sharpley avec moi, & je me rendis à l'invitation. Nous le trouvâmes dans un apartement où j'avois eu si souvent le bonheur d'entretenir Miss Louise ; il étoit vêtu de noir , & avoit toujours porté cet habit depuis l'instant qu'il avoit apris la mort de sa fille. Il me reconnut tout - d'un - coup : ce vieux Gentilhomme fondit en larmes en me voyant , & dit : ah ! M. Thompson , vous êtes trop bon ; je ne m'attendois pas que vous vous rendriez si-tôt à mes desirs ; je ne méritois pas de vous une si grande faveur , moi qui ai causé la mort à ma chere fille , & qui vous ai traité avec tant d'ingratitude & de dureté. Je fus touché jusqu'au fond de l'ame de le voir accablé de chagrin , & m'aprochant de lui les larmes aux yeux , je le serrai dans mes bras , & lui répondis : Mon cher pere , car je ne puis vous donner un autre nom , oubliez les injustices que vous m'avez faites ; pour moi, je les oublierai à jamais : vous en êtes assez puni , Monsieur, par la perte de notre chere & adorable Louise : je ne sçaurois me dissimuler que vous êtes son pere ; & quoiqu'accablé de la même affliction , je ne m'écarterai jamais des devoirs & du respect que je vous dois ; au contraire , je tâcherai toujours d'adoucir vos peines, ou de les confondre avec les miennes. Ah ! généreux ami , me répondit-il , comment ai-

je pû ne pas reconnoître tant de mérite ?
Plût à Dieu que ma chere fille fût encore
vivante, elle feroit fûrement à vous ; mais
puifqu'il n'eft pas poffible de la rapeller à la vie, venez demeurer avec moi ;
foyez la confolation de ma vieilleffe, &
recevez tout ce dont je pourrai difpofer à
la mort. Ce malheureux, cet indigne neveu
qui a empoifonné mes jours, m'avoit fé-
duit ; mais fans doute vous aurez fçu toute
cette hiftoire fatale. Oui, Monfieur, lui
dis-je, vous êtes excufable, & vous l'êtes
beaucoup. Je confens de tout mon cœur à
paffer mes jours avec vous ; je diffiperai les
peines du pere de ma chere Louife ; car
j'ai fuffifamment de fortune, & je ne defire plus rien maintenant que de punir &
châtier, comme il le mérite, votre indigne neveu, le plus méprifable de tous les
hommes. A ces mots Fidelle entra, & fe
jettant à mon col, répéta fouvent le nom
de fa Maîtreffe avec le mien ; elle m'apelloit fon cher ami & fon Maître. Lorfque
nous eûmes pris congé, je vis en fortant
de la porte, un homme & une femme de
fort bonne mine, & que je ne reconnus point;
ils me donnerent mille bénédictions, & me
fouhaiterent une longue vie & beaucoup de
bonheur. Je m'arrêtai, & après les avoir fa-
lués, je leur demandai ce qui pouvoit m'attirer ces attentions de leur part. Le mari
me répondit avec quelque trouble, Monfieur, quoique vous nous ayez oublié, nous
conferverons toujours le fouvenir de vos

bontés , auffi bien que de celles de notre chere Maîtreſſe qui n'eſt plus. Je commençai alors à me rapeller un peu leurs traits , & je les reconnus pour cette pauvre famille que ma chere Louiſe avoit ſi charitablement ſecourue , & à qui j'avois fait autrefois un preſent à mon départ pour Londres. Je ſaluai l'épouſe ; & prenant le mari par la main , je lui demandai ſi je pouvois lui être de quelque utilité , que je le ferois de bon cœur , & qu'il n'avoit qu'à parler. Monſieur , me repliqua-t-il , je ſuis confus de vos bontés ; j'ai au ſervice de Sir Walter tout ce que nous pouvons deſirer ; car ayant apris que nous avions été objets de charité de Miſſ Louiſe , il m'a fait ſon homme d'affaires , & mon épouſe ſa femme de charge ; & nous avons lieu d'être extrêmement ſatisfaits. Je fus charmé d'aprendre que Sir Walter avoit tant d'égard pour la mémoire de ſa fille , & je trouvai tout diſpoſé de maniere à me faire croire que je trouverois peu d'obſtacles à mes deſirs , quand même il ſçauroit la véritable hiſtoire de ſa fille.

Je lui avois preſenté M. Sharpley qui alloit être bientôt ſon neveu , quoiqu'il n'en fût pas connu ; il le reçut comme le fils d'un Gentilhomme qu'il eſtimoit beaucoup ; & lorſque nous lui párlâmes de l'aſſemblée brillante qui devoit arriver bientôt pour le mariage de M. Diaper , & ceux de quelques autres amis , il m'offrit généreuſement des logemens.

CHAPITRE LXIII.

Ils retournent chez M. Bellair. Toute la compagnie part pour se rendre chez M. Thompson. Leur arrivée. Comment ils s'arrangent tous. Thompson fait à Sir Walter une proposition à laquelle il consent. Fidelle est introduite auprès de sa Maîtresse. Truman en devient amoureux. Il s'adresse à Thompson qui consent à ses desirs, & prie Miss Louise de déterminer Fidelle. Fidelle agrée sa recherche, & demande à Sir Valter la permission de se marier.

NOus étions restés chez nos parens une semaine de plus que nous ne comptions.; & desirant de revoir nos Maîtresses,. nous nous rendîmes chez M. Bellair, accompagnés de mon pere , de M. Sharpley ,. & de M. Archer. Nous nous rejoignîmes encore une fois aux personnes qui nous étoient si cheres, & nous rendîmes compte à la compagnie des dispositions où j'avois trouvé Sir Walter. Ma chere Louise en fut transportée de joie, & me dit : je crois, mon cher Thompson, que j'aurois fort bien fait de mourir tout de bon. Vous voyez que vous auriez pu jouir du bien , sans avoir l'embarras d'une femme. Mademoiselle, lui repliquai-je , vous devez me connoître assez pour sentir qu'une pareille badinerie ne peut que me mortifier , &

que toutes les richeſſes & les plaiſirs du
monde me ſeroient inſuportables ſans vous.
Quand mon pere s'avança d'abord pour la
ſaluer, elle voulut ſe jetter à ſes genoux;
mais il l'en empêcha, l'apella ſa chere fille,
ſon ange, & lui dit que le plaiſir de la
revoir alloit le rajeunir de plus de vingt
ans. Meſſieurs Archer & Sharpley lui marquerent à leur tour combien ils étoient enchantés de notre bonheur commun, &
toute la compagnie ſe félicita de la preſence de ces trois Meſſieurs. On convint que
Miſſ Louiſe, pour n'être point reconnue,
porteroit un maſque juſqu'à ce qu'elle
fût arrivée chez mon pere; & tout étant diſpoſé, nous nous mîmes en route; mais nous
fûmes bien ſurpris de rencontrer à un mille
de la maiſon une vingtaine de payſans à
cheval ornés de rubans & de fleurs, qui
vinrent nous recevoir; c'étoit tous les jeunes
gens de la Paroiſſe de mon pere. Ils mar-
cherent devant nous à travers les Villages
par où nous paſſions, & on ſonna toutes
les cloches. Nous remerciâmes ces bonnes
gens de leur attention; & lorſque nous eûmes mis pied à terre, M. Diaper jetta au
milieu d'eux une poignée d'argent. M.
Goodvill, Sharpley & moi ſuivîmes ſon
exemple. Enſuite nous entrâmes & trouvâmes un repas froid que ma mere avoit
fait préparer pour nous rafraîchir. Louiſe,
Madame Rich & Serene entrerent avec ma
mere dans une ſalle particuliere; & quand
elle ſe fut démaſquée, il ſe paſſa entr'elles
une

e fcène trop touchante & trop tendre
ur pouuvoir être décrite. Elles ne prononn-
rent pependant long-tems que des mots
al articiculés & fans fuite. Les deux Dames
oûtérennt fort la converfation de cette bon-
mere e, qui à fon tour conçut beaucoup
amitié ? pour elles ; & comme Mifs Louife
pouvçoit pas encore paroître , non plus
ue fa taante & fa coufine , parce qu'elles
toient connues des Domeftiques de Sir
alter :, elles pafferent enfemble le refte
e la jouurnée, & les autres Dames alloient
e tems en tems leur tenir compagnie.

Auffi--tôt notre arrivée , Sir Walter vint
hez mon pere, pour nous féliciter , & nous
nviter ttous d'aller chez lui. Il nous fit beaucoup pldus d'amitié qu'il n'avoit coutume
'en faitre ; il embraffoit fouvent mon ami
Diaper & moi, & nous apelloit fes enfans. Tous ceux qui étoient prefens en
étoient connus ; la plupart avoient paffé
quelque tems dans le Comté d'York , après
mon départ pour les Indes ; & quant à
M. Belllair , il étoit d'une ancienne famille
que Sir Walter avoit bien connue autrefois. Il fut arrêté que M. & Madame Goodvill avec leur équipage logeroient chez M.
Archer ; que M. Bellair , fa femme & fes
Domeftiques iroient chez M. Sharpley ; que
M. & Mme Diaper avec Prig accepteroient la
maifon de Sir Walter ; & enfin que Mme Rich,
Serene , Louife & Mifs Suckey demeure-
roient chez mon pere. A l'égard de Diaper,
Sharpley & moi, auffi-bien que Truman,

IV. Partie.   N

que je voulois qu'on regardât déformais
comme un homme diftingué, nous trouvâmes des lits chez notre ancien ami Solfa;
cette maifon nous plût, parce qu'elle nous
éloignoit moins de nos Maîtreffes, que
toute autre. Notre prefence répandit la joie
dans tout le pays, & les Habitans du voifinage s'emprefferent à l'envi de nous marquer par leurs jeux le plaifir qu'ils reffen-
toient d'avoir fi bonne compagnie au milieu d'eux. Comme on ne vouloit point
ébruiter mon mariage, je fus obligé d'aller
à York pour y obtenir la permiffion de le
célébrer : mais pour ceux de Meffieurs Sharpley & Diaper, mon pere crut qu'il étoit
plus régulier de fuivre les anciens ufages,
& publia leurs bans dans fon Eglife. Tout
étant difpofé pour l'heureux moment qui
devoit unir ces fideles Amans, & la cérémonie étant fixée à trois jours de-là, j'allai
un matin trouver Sir Valter, & lui parlai
ainfi : Mon pere, j'ai une grace à vous demander ; ma chere Louife n'eft plus ; c'eft
en vain que nous pleurons une perte qui
eft irréparable. Que je ferois heureux, fi
elle étoit encore vivante ! Mon cher pere
m'a perfuadé, par des raifons de famille,
de fonger à un mariage. J'ai recherché une
jeune Demoifelle riche & de haute naiffance, qui a aprouvé mon choix. Vous
auriez pu autrefois me rendre heureux :
mais ce tems eft paffé ; & comme je n'ai
pu recevoir ma chere Louife de vos mains,
faites-moi la grace de me donner celle-ci

aux pieds des Autels, & de l'adopter pour
votre fille. Le vieux Gentilhomme se mit à
pleurer, & se reprocha sa cruauté; mais enfin
il consentit à ce que je lui demandois, &
je lui en marquai toute ma reconnoissance.
Je le priai aussi de permettre que Fidelle la
servît jusqu'à son mariage, & il me l'ac-
corda volontiers. Je dis à cette bonne
fille que ma mere désiroit de la voir : elle
se rendit aussi-tôt chez nous où elle étoit
accoutumée d'aller presque tous les jours
depuis mon départ. Ma mere & Madame
Goodvill, après lui avoir fait bien des
caresses & l'avoir presentée à la compagnie,
la menerent dans la chambre où étoient
Serene, Miss Suckey, Madame Bellair,
& Miss Louise qui jouoit du clavecin. Miss
Louise se leva : dès l'instant que Fidelle l'a-
perçut, elle fit un grand cri, & tomba
évanouie. On la fit revenir; sa Maîtresse
l'embrassa avec tant d'amitié, qu'elle fut
bien convaincue que c'étoit elle-même : elle
entendit son histoire avec le même étonnement que si elle l'eût vue sortir du tombeau; & se jettant à ses genoux, elle
s'écria en les baignant de ses larmes : Ah
Dieu ! aurois-je pu m'attendre à un pareil
bonheur ?

Si-tôt que je fus de retour, Truman
me pria de faire avec lui un tour de jardin,
& je fus fort surpris lorsqu'il m'adressa ces
mots : Je vous ai servi long-tems avec
toute la fidélité possible : puis-je espérer
que vous voudrez bien contribuer à mon

bonheur ? J'aime Fidelle, Monſieur, depuis le premier moment que je l'ai vue ,
& je n'aurai jamais de ſatisfaction, ſi je ne
poſſede ſon cœur & ſa main. Il eſt vrai
que je ſuis un peu plus vieux qu'elle ; mais
lorſque je ſuis venu dans cette Province
après mon arrivée des Indes , je lui ai rendu des ſoins , & il m'a paru qu'elle n'é-
toit point éloignée de les accepter : ſans
doute que l'eſtime & l'amitié que vous avez
pour moi, y ont contribué beaucoup ; elle
ſeule peut me rendre heureux, & les ex-
cellens principes qu'elle a puiſés au ſervice
de Miſſ Louiſe, lui tiennent lieu d'une fortune conſidérable : M., parlez-en à Miſſ
Louiſe, & tâchez de m'obtenir ſon aveu.
Cette réſolution me fit plaiſir, & je lui
promis de faire tout ce qui ſeroit en moi
pour lui rendre ſervice. En effet, j'en
parlai à Louiſe, qui en fut auſſi charmée
que moi. Nous en fîmes la propoſition à
Fidelle. Miſſ Louiſe lui repreſenta que
c'étoit un excellent ſujet, que nous aimions
beaucoup tous les deux , & un homme
dont le caractere & les ſentimens étoient
très-propres à faire le bonheur d'une femme. En un mot , nous ne tardâmes pas à
découvrir à ſon air & à ſes réponſes,
qu'elle l'aimoit autant qu'elle en étoit aimée ; & elle nous promit , en rou-
giſſant, de ſuivre en tout nos avis. Truman fit mille folies, lorſqu'il aprit qu'elle
conſentoit à l'épouſer. Je le menai chez
Sir Walter , à qui je fis ſi bien connoître ſon

caractere & l'état de sa fortune ; qu'il
n'hésita point à la lui accorder. Ces nouvelles donnerent un surcroît de plaisir à
toute notre compagnie ; & nous résolûmes
que ce mariage se feroit en même-tems
que les nôtres.

CHAPITRE LXIV.

M. Archer le fils arrive au pays d'York.
Autre visite qui survient. Célébration des
quatre mariages. Surprise de joie de Sir
Valter en reconnoissant sa fille. Il lui rend
son bien, & lui fait present d'une Terre.
Départ des hôtes. Suites heureuses du
mariage de Thompson. Conclusion de
l'Histoire.

LE lendemain M. Archer nous amena
de chez lui un Gentilhomme que j'eus
la satisfaction de reconnoître pour son fils.
Sa presence dans une occasion si favorable , nous fit beaucoup de plaisir à Sharpley & à moi , & il fut charmé de trouver nos affaires en si bon train. Mon pere
& ma mere l'accablerent de caresses ; &
nous le presentâmes à tous nos bons amis,
dont il s'acquit tout d'un coup l'estime. Mais
ce ne fut pas la seule visite imprévue que
nous reçumes ; nous vîmes arriver chez
mon pere un Gentilhomme suivi de plusieurs Domestiques, qui me demanda. J'allai à lui ; il m'aborda avec politesse , & me

dit qu'en voyageant il avoit entendu parler
de moi à la Ville prochaine ; que quoiqu'il
me fût inconnu à prefent, il m'avoit rendu
anciennement quelques fervices ; qu'il s'é-
toit déterminé à s'éloigner de fon chemin
pour me venir féliciter fur mon retour en
Angleterre, & fe joindre à la compagnie.
Je le remerciai de cette faveur, & l'intro-
duifis : je lui dis en même-tems que j'étois
fâché d'avoir perdu le fouvenir des obligations que je lui avois ; mais que je n'a-
vois point le bonheur de me rapeller fes
traits. Madame Rich, Serene & Louife,
entendirent fa voix de la chambre voifine ;
& comme il n'y avoit alors que ceux qui
étoient dans le fecret, elles s'avancerent en
s'écriant : ah ! c'eft vous, Colonel Williams ?
Que nous fommes heureufes de vous voir
ici ! Ce nom & les complimens qu'ils fe
firent, me rapellerent que c'étoit fans doute
ce généreux Officier dont Louife m'avoit
parlé avec tant de diftinction. C'étoit lui
en effet ; mais il fut fi furpris de voir Miff
Louife, que pendant quelque tems il eut
peine à fe remettre, jufqu'à ce qu'enfin,
ayant été inftruit de nos aventures, il
nous fit compliment fur notre bonheur.
Nous l'engageâmes à refter avec nous jufqu'à la conclufion de nos mariages, & il
y confentit avec joie. Sa prefence nous engagea tout naturellement à parler de l'E-
cuyer Rich, qui vivoit alors dans un petit
bien à Duncaftre, où il paffoit fon tems
d'une maniere digne de lui. Pour moi, je

me trouvois dans une situation si gracieu-
se , que je ne pensois guere à lui ; & lorsque cela m'arrivoit , il m'inspiroit plutôt
de la compassion & du mépris , que des
desirs de vengeance. Nous convînmes que
s'il restoit tranquille , il ne valoit pas la
peine qu'on le traitât comme il le méritoit.

Enfin l'heureux jour arriva où je devois
recueillir le fruit de tous mes soins & de
toutes mes peines. Nous étions alors dans
les beaux jours du mois de Mai , où la
Nature répand avec profusion tous ses dons
sur la terre. Nos jeunes mariés étoient habillés magnifiquement ; mais Fidelle choisit
un habit à peu près conforme à son premier état. Nous leur donnâmes la main ,
& nous nous rendîmes à l'Eglise , suivis
de tous nos amis. Sir Walter avoit , à ma
priere , fait treve avec ses chagrins ; il parut richement habillé , comme il convenoit
dans une pareille cérémonie. Louise mit
son masque dès qu'elle l'aperçut ; & comme il en marqua quelque surprise , je lui
dis que par modestie elle avoit exigé de moi
qu'elle seroit mariée sans avoir le visage découvert. Il examinoit sa taille en marchant ,
& poussant un profond soupir , il laissa couler quelques larmes , malgré les efforts qu'il
faisoit pour cacher son trouble sous l'aparence d'une gaieté affectée. Mon pere nous
donna la Bénédiction nuptiale , & les choses se passerent avec beaucoup de décence.
Quand la cérémonie fut achevée , Sir Wal-

ter nous preſſa d'accepter un dîner chez lui.
Nous nous rendîmes à ſa maiſon, où il avoit
invité toute la Nobleſſe du voiſinage. Im-
médiatement avant que de nous mettre à
table, mon pere le tira à l'écart dans une
chambre où il n'y avoit que Louiſe & ſa
tante maſquées toutes deux, lui & moi,
& il lui parla ainſi. Sir Walter, la Providence diſpoſe toutes choſes pour le mieux;
elle nous a rendu tous heureux aujourd'hui
par des moyens que l'on n'auroit pas pu
prévoir. Si ces jeunes gens vous ont fait
une petite ſupercherie, ç'a été pour augmenter le plaiſir que vous allez goûter, j'en
ſuis ſûr, quand vous reconnoîtrez dans
Madame Thompſon, épouſe de mon fils,
cette même Louiſe dont vous avez pleuré
la mort. Alors elle ſe démaſqua, ſe jetta
à ſes genoux, & lui demanda ſa bénédiction. Sir Walter reſta quelque tems immo-
bile, mais il reconnut bientôt ſa fille; &
ſans s'informer davantage de cette affaire,
il nous embraſſa les uns après les autres,
& ſe livra à des tranſports de joie tels qu'on
auroit cru qu'il perdoit l'uſage de ſes ſens.
Enfin nous répandîmes des larmes de con-
cert; & ma chere Louiſe ſe jetta à ſon col,
tandis qu'il la tenoit ſerrée dans ſes bras,
& répétoit de tems en tems : c'eſt elle-même : que je ſuis heureux, oui, heureux à
jamais ! Quand ſa ſœur ſe fut démaſquée
auſſi, & qu'elle lui eut apris en peu de mots
tout ce que cette aventure avoit de ſurpre-
nant, il lui proteſta qu'il l'en aimeroit da-

van e tant qu'il vivroit. La joie se répand ans tout le voisinage : toute la maison partagea nos plaisirs ; & le retour de Louise étant divulgué, tous ceux qui nous connoissoient vinrent nous accabler de complimens. Sharpley fut presenté à Sir Walter en qualité de son neveu ; il le reçut avec bonté, embrassa Serene, & ne pouvoit contenir sa joie. Vous voyez, mon cher pere, lui dit mon aimable épouse, que je vous ai tenu parole, & que je ne me suis mariée que de votre consentement ; c'est vous-même qui m'avez donnée à M. Thompson. Oui, repliqua-t-il, tu as raison ; & si cela étoit possible, je te donnerois encore une fois à mon cher Joseph que j'aime de tout mon cœur. Allons, mon garçon, me dit-il, dépêchez-vous, & que je me voie bientôt renaître dans vos enfans. Louise rougit ; pour moi je lui aplaudis. Quels délicieux momens ! Peut-on concevoir les plaisirs que je goûtai dans les bras de ce cher objet de tous mes desirs ?

Nous reçûmes le lendemain les complimens de tous nos amis, qui passerent une quinzaine de jours avec nous. Sir Walter donna à sa fille douze mille livres sterlings qui lui apartenoient, & nous fit present pour nous & nos héritiers d'une Terre dans le voisinage, de près de mille livres sterlings de revenu. M. & Mme Goodvill s'en retournerent à leur campagne. M. & Mme Diaper avec mon ami & sa charmante épouse, allerent passer quelque tems chez M.

& Mme Bellair, avant que de retourner à Londres. Sharpley, sa chere Serene avec le Colonel Villiams, accompagnerent Madame Rich dans sa Terre du Comté de Sommerset, dont ils doivent jouir à sa mort. Prig retourna à Londres avec M. Archer qui étoit sur le point de s'y établir dans le commerce. Nos adieux furent touchans ; mais comme nous avions tous une fortune affez confidérable pour pouvoir nous aller visiter les uns les autres, en quelqu'endroit que fussent nos demeures, nous nous confolâmes dans l'efpoir de nous revoir de tems en tems, & d'entretenir enfemble un commerce de Lettres. M. Archer & M. Sharpley allerent chacun paffer quelques mois avec leurs fils ; de forte que notre bonheur fe trouva bientôt concentré dans l'intérieur de notre maifon. Truman a acheté un affez joli bien auprès de nous ; il y paffe une vie heureufe avec Fidelle, vient fouvent nous voir, & a trouvé le fecret de fe faire aimer de tout le monde. Pour moi, je goûte dans la fociété de ma charmante époufe tous les plaifirs & la confolation qu'un homme peut défirer ; & qui lui font aimer la vie. Sa vertu, fa prudence, & toutes fes bonnes qualités la rendent chere à tous ceux qui la connoiffent ; & je fais tout mon poffible pour mériter de fa part l'eftime & l'amitié propres à entretenir le bonheur des gens de notre état. Mon pere & ma mere font encore vivans, & ne peuvent paffer un inftant éloignés de ma charmante Loui-

fe. Sir Walter vit avec nous , & jouit d'u-
ne fanté qui doit lui faire efpérer de voir
un jour marier fes petits emfans ; car ma
chere Louife m'a déjà donné un fils & une
fille , qui font le vétitable portrait de leur
charmante mere. Notre correfpondance
avec nos amis , & le plaifir de les voir de
tems en tems , contribuent beaucoup à mon
bonheur , & je me regarde à préfent comme le plus heureux des hommes.

Ainfi après un long cours de travaux &
de peines , compenfés par un petit nombre
de plaifirs , je fuis parvenu à cet état de
félicité pure & fans traverfes , auquel nous
nous efforçons tous d'arriver par des routes
différentes. Si cette Hiftoire tombe entre
les mains de gens à qui mes malheurs puiffent fervir d'exemple pour les éloigner du
vice , & des extravagances de la jeuneffe ,
je me croirai bien dédommagé de la peine
que j'ai prife à l'écrire , & je dirai avec Dry-
den : On eft toujours heureux , quand on
vit pour en faire.

F I N.

www.ingramcontent.com/pod-product-compliance
Lightning Source LLC
Chambersburg PA
CBHW051140260626
47170CB00005B/1896